Helen Bianchin

Boda con el magnate griego

HARLEQUIN™

Editado por Harlequin Ibérica.
Una división de HarperCollins Ibérica, S.A.
Núñez de Balboa, 56
28001 Madrid

© 2010 Helen Bianchin
© 2015 Harlequin Ibérica, una división de HarperCollins Ibérica, S.A.
Boda con el magnate griego, n.º 2428 - 18.11.15
Título original: The Andreou Marriage Arrangement
Publicada originalmente por Mills & Boon®, Ltd., Londres.
Este título fue publicado originalmente en español en 2010

I.S.B.N.: 978-84-687-6748-2
Depósito legal: M-28095-2015
Impresión en CPI (Barcelona)
Fecha impresion para Argentina: 16.5.16
Distribuidor exclusivo para España: LOGISTA
Distribuidor para México: CODIPLYRSA
Distribuidores para Argentina: Interior, DGP, S.A. Alvarado 2118.
Cap. Fed./Buenos Aires y Gran Buenos Aires, VACCARO HNOS.

JUN -.- 2016

Capítulo 1

ALESHA permaneció sentada en silencio mientras el abogado le leía el testamento de su padre.

Estaba perpleja.

¿Qué había inducido a Dimitri Karsouli a vender el veinticinco por ciento de las acciones de Karsouli Corporation a Loukas Andreou?

Y peor aún, a regalarle otro veinticinco por ciento, lo que se traducía en varios cientos de millones de dólares en el mercado actual, a condición de su «matrimonio».

Se quedó casi sin respiración al darse cuenta de que su padre, más o menos, le había comprado un marido. Era incomprensible.

No obstante, entendió perfectamente el razonamiento de su padre.

Un año atrás, su breve y desastroso matrimonio de con Seth Armitage había acabado en divorcio al descubrir que el objetivo de Seth al casarse con ella había sido acceder a la fortuna de su padre. Eso la había dejado destrozada y había enfurecido a su padre.

Dimitri, obviamente por devoción hacia ella, había amañado lo que a él le había parecido lo más seguro para su hija: un matrimonio con un hombre de su total confianza. Loukas Andreou, un hombre íntegro, astuto para los negocios, el omnipotente cerebro de la rama de Atenas de Andreou Corporation, cuyos intereses financieros incluían transporte marítimo y activos complementarios por todo el mundo. Su padre, Constantine, había sido íntimo amigo de Dimitri y socio en los negocios.

Loukas tenía treinta y tantos años y era atractivo, si a una le gustaban los hombres con facciones de guerreros, altos, anchos de hombros y todo ángulos. Loukas tenía unos preciosos ojos negros y una boca llena de promesas. Su aspecto sofisticado no lograba ocultar su innata personalidad despiadada.

La dejó destrozada el hecho de que su padre le hubiera dejado a ella en herencia el otro cincuenta por ciento de Karsouli Corporation «a condición» de que se casara con Loukas Andreou en el espacio de un mes tras su fallecimiento, asegurando así que la empresa quedara en manos de la familia en su totalidad.

–Un tribunal declararía inválida la estipulación del matrimonio –dijo Alesha.

El abogado la miró pensativamente.

–Aunque un tribunal se mostraría comprensivo con usted en relación a esa cláusula, su padre lo ha dejado todo muy claro. Yo le aconsejé que lo pensara bien, pero su padre se mostró inflexible respecto a la cláusula.

Alesha contuvo una maldición.

Dimitri siempre había sabido lo que Karsouli Corporation significaba para ella, que había realizado estudios universitarios para asegurarse de que tenía los conocimientos necesarios; y también había sido consciente de lo mucho que le enorgullecía haber llegado a un puesto de autoridad desde abajo.

Se había dado por entendido que la única hija de Dimitri asumiría el mando de la empresa a la muerte de él.

Y así había sido, en cierta forma, pero con condiciones. Condiciones destinadas a proteger Karsouli Corporation… y a ella también, según decía su testamento.

Ese último intento de forzarla a un contrato matrimonial que no quería había sido un acto de pura manipulación, y casi le odiaba por ello.

Como alternativa, podía dejar la empresa, ignorar la cláusula matrimonial y buscar trabajo en otra compañía.

Sin embargo, ella era una Karsouli.

Su abuelo paterno, nacido en Atenas y de familia humilde, presentó una idea a la persona adecuada en el momento apropiado y fundó la primera oficina de Karsouli Corporation en Atenas. Dimitri, su hijo único, había seguido los pasos de su padre y había expandido el negocio a escala internacional.

Dimitri se había casado y se había trasladado a Sidney, donde había nacido su única hija, Alesha, el orgullo de su padre; sobre todo, cuando demostró haber heredado la misma sagacidad para los negocios.

Alesha se había educado en excelentes colegios privados, se había licenciado con sobresalientes en la universidad y había entrado a trabajar en la empresa en un puesto de poca categoría. Sus ascensos habían sido debidos al trabajo y la dedicación.

La única insensatez cometida había sido casarse precipitadamente, y en contra de la voluntad de su padre, con un hombre que a las pocas horas de la boda había desvelado sus verdaderas intenciones.

Unos tiempos difíciles. En la misma época de su divorcio, su madre falleció debido a un cáncer.

La negativa de ella a considerar el matrimonio como algo posible en su futuro había llegado a ser un elemento de perpetua discusión con su padre. Ahora, debido a esa cláusula en el testamento, Dimitri la obligaba a casarse con un hombre que contaba con su aprobación; un hombre de descendencia griega; un hombre a quien podía confiarle las riendas de Karsouli Corporation y a su hija.

–Esta… estratagema, ¿cuenta con la aprobación de Loukas Andreou?

–Tengo entendido que ha dado su consenti-
miento –respondió el abogado.

–Es increíble –dijo Alesha con ardor–. Imposible. No quiero casarme con nadie.

Loukas Andreou había visitado a sus padres
las veces que había ido a Sidney. Ella había cenado en su compañía y también le había visto
durante sus visitas a Grecia con sus padres. Una
mezcla de negocio y placer, había pensado por
entonces.

Ahora no estaba tan segura.

Loukas Andreou. Ese hombre era una autént-
ca fuerza de la naturaleza en el mundo de los negocios… y en la cama, según los rumores.

Provenía de familia adinerada. Su bisabuelo
había hecho una fortuna en el negocio del transporte marítimo. Una fortuna que las siguientes
generaciones habían expandido.

El consorcio Andreou era propietario de dos
islas griegas, propiedades diversas, residencias
en las ciudades europeas más importantes, y luego estaban el yate, el avión Lear, los coches caros, las mujeres…

Los medios de comunicación seguían todos
los pasos que daba Loukas, adornando el más
mínimo detalle siempre que podían.

Alto, de buena figura, cabello oscuro y atractivos rasgos viriles… la ponía nerviosa. Era

como si Loukas viera en ella más de lo que ella quería que nadie viera.

–¿Cuándo se enteró Loukas del contenido del testamento de mi padre?

–Eso es algo que tendrá que preguntarle a él.

¡Y lo haría, a la primera oportunidad que se le presentara!

–Tiene dos alternativas –le dijo el abogado–. Accede a casarse o no. Le aconsejo que no tome una decisión hasta no hablar con Loukas Andreou.

Alesha se puso en pie, indicando que la reunión había concluido. El abogado la acompañó hasta la recepción y apretó la tecla del ascensor.

Alesha apretó los dientes durante el descenso en el ascensor para evitar ponerse a gritar. ¿Por qué le había hecho eso su padre?

Aunque sabía por qué lo había hecho.

¿Acaso el matrimonio de Dimitri no había resultado en una satisfactoria unión que había beneficiado a las dos familias?

¿Amor? Si había amor, bien; si no, afecto y familia eran suficientes.

Sorprendentemente, el matrimonio de sus padres había sido bueno. ¿Había sido un matrimonio apasionado? Quizás. Lo innegable era que habían compartido un gran afecto.

Ella, por su parte, había querido una gran pasión. Había creído encontrarla con Seth Armitage, pero pronto descubrió que él sólo había jugado con ella y que su matrimonio había sido un engaño.

Dimitri, en vez de echárselo en cara, se había mostrado comprensivo y la había apoyado en todo. Sin embargo, no podía evitar que le doliera que su padre, a sus espaldas, hubiera estado tramando una estrategia para cimentar el futuro de la empresa y el de ella. Y con la complicidad de Loukas Andreou, de eso no le cabía la menor duda.

Empezaba a anochecer en Sidney. Su piso estaba en un antiguo edificio restaurado en el elegante barrio de Double Bay, cerca del puerto. El edificio contaba con cuatro pisos de dos dormitorios en los que lo moderno y lo antiguo se combinaban a la perfección.

Alesha había decorado su casa con mobiliario antiguo, grandes y cómodos sofás, lámparas exclusivas y alfombras orientales.

Aquella había sido su casa durante los últimos dos años. Su casa, exclusivamente suya, pensó mientras entraba en el garaje con el coche. Ella era independiente, y no había salido con ningún hombre desde que dejó a su marido. Tenía unos cuantos amigos y valoraba su amistad. Y su vida había sido tranquila y cómoda hasta la muerte de su padre una semana atrás.

Pero ahora era como si el mundo hubiera dado una vuelta completa.

¿Casarse con Loukas Andreou?

De ocurrir, ella pondría las condiciones.

Entró en su casa, dejó el bolso y el ordenador,

se quitó los zapatos de tacón y caminó descalza hasta la cocina, donde se sirvió agua del frigorífico.

Se daría una ducha, se prepararía algo para cenar y luego desarrollaría su estrategia.

Se quitó el traje de chaqueta y el resto de la ropa y caminó desnuda hasta el cuarto de baño del dormitorio mientras pensaba en las condiciones que iba a imponer: matrimonio sólo en papel, habitaciones separadas, vidas separadas.

Alesha abrió el grifo de la ducha y se enjabonó.

–¡Maldita sea! –exclamó bajo el chorro de agua con desacostumbrada ira. ¡No quería un marido!

Las contadas ocasiones en las que había visto a Louka él se había mostrado atento, su conversación era interesante y era culto, inteligente y decidido.

Y atractivo.

Alesha cerró los ojos y volvió a abrirlos despacio.

¿Por qué había pensado eso?

«Vamos, admítelo», pensó.

Con enfado, Alesha cerró el grifo de la ducha, agarró una toalla y se envolvió con ella.

Después de su fracaso matrimonial, se había jurado a sí misma no volver a fiarse de un hombre.

Con decisión, apartó de sí esos pensamientos

y eligió lo que iba a hacer aquella noche: tomaría una cena ligera, trabajaría unas horas con el ordenador, vería las noticias por televisión y... a la cama.

Era un buen plan, a pesar de ser un plan rutinario, pensó mientras se recogía el cabello en un moño. Después, se puso la ropa interior, unos pantalones vaqueros y una camiseta.

La luz del contestador automático parpadeaba cuando entró en la cocina, por lo que agarró un papel, un bolígrafo y presionó la tecla de escucha.

–Alesha, soy Loukas Andreou –era una voz ronca y profunda, con un ligero acento que la hacía aún más atractiva. Respiró profundamente mientras anotaba el número de teléfono que la voz estaba recitando–. Llámame.

Alesha sonrió y alzó los ojos al techo. Louka no quería perder el tiempo.

Hizo la llamada. Cuanto antes solucionara aquello, mejor.

Él contestó la llamada al tercer timbrazo.

–Andreou.

–Soy Alesha –le informó ella.

–¿Has cenado?

–Estaba a punto de hacerlo –le llevaría apenas unos minutos preparar una ensalada–. ¿Por qué?

–Paso a recogerte en diez minutos.

¿Quién demonios se creía que era?

–Si es una invitación a cenar, lo correcto es preguntar, no ordenar –dijo ella en tono suave.

–Lo tendré en cuenta. Diez minutos.

Louka cortó la comunicación y la dejó echando humo y tentada de llamarle otra vez para mandarle al infierno.

Pero una mujer con control de sí misma no actuaba así. Ni tampoco actuaba así una mujer decidida a enfocar el encuentro con sentido común.

Tenía que cambiarse de ropa, por lo que sustituyó los vaqueros y la camiseta por unos pantalones de corte de sastre y una blusa. Se pintó los labios, se peinó, agarró una chaqueta moderna y se calzó unos zapatos de tacón.

El interfono sonó cuando ella estaba agarrando el bolso.

–Ahora mismo bajo –dijo Alesha por el aparato.

La altura y anchura de los hombros de Louka la intimidaron, sus marcados rasgos faciales eran fascinantes. Los pantalones de sastre negros, la camisa blanca con el botón del cuello desabrochado, y la chaqueta de cuero negra le conferían un aspecto de descuido sofisticado; engañoso, dado su poder en el mundo de los negocios.

–Hola, Loukas –dijo ella en tono formal mientras los ojos negros de él se paseaban por su cuerpo.

–¿Nos ponemos en marcha? –dijo Loukas a su vez, indicándole el Aston Martin negro aparcado delante del edificio.

Alesha trató de ocultar su nerviosismo mientras él ponía en marcha el coche.

Una cena durante la cual ella expondría su punto de vista, negociaría y, con suerte, resolverían las condiciones establecidas por Dimitri en su testamento para satisfacción mutua.

En poco tiempo Loukas llevó el Aston Martin a la entrada del hotel Ritz-Carlton y le dio al empleado las llaves del coche para que lo aparcara.

Buena elección, pensó Alesha, que había cenado en aquel restaurante en varias ocasiones.

Sin embargo, una vez en el vestíbulo, Loukas le indicó el ascensor.

—Charlaremos más cómodamente en mi suite.

Su sentido común protestó ante la idea de estar con él a solas.

—Preferiría cenar en el restaurante.

—¿Y correr el riesgo del escrutinio público? —dijo él en tono bajo—. ¿Y que pueda oírnos hablando de asuntos personales algún fotógrafo?

El hecho de que Loukas tuviera razón no le fue de gran ayuda. Pronto correrían los rumores, en el momento en que se notara la prolongada estancia de Loukas Andreou en Sidney; sobre todo, una vez que se conocieran sus intereses en Karsouli Corporation.

Alesha se vio obligada a condescender, a pesar de su reticencia, y siguió a Loukas.

«Adelante, tranquila», se dijo a sí misma mientras Loukas abría la puerta de su suite y le cedía el paso. Loukas siempre había contado con la confianza de Dimitri; de lo contrario, Dimitri jamás habría hecho un testamento semejante.

¿O sí?

¿Cómo podía estar segura?

Ahora que sus padres habían muerto, se había vuelto muy selectiva a la hora de elegir en quien confiar. Ni siquiera Lacey, su amiga de la infancia, conocía todos los detalles de su matrimonio. Algunos episodios eran demasiado personales...

–Relájate, no voy a insinuarme –dijo Loukas en tono burlón.

Alesha lo miró directamente a los ojos.

–Si lo hicieras, sabría cómo responder.

Loukas se quitó la chaqueta y la tiró encima de la cama de matrimonio, después se quitó los gemelos de la camisa y se subió las mangas, descubriendo unos musculosos brazos salpicados de vello negro.

–¿No quieres quitarte la chaqueta?

–Estoy bien, gracias.

–Siéntate, por favor –Loukas le indicó un cómodo sillón–. ¿Qué te apetece beber?

–¿Te importaría que dejáramos de andarnos con rodeos y tratáramos directamente del asunto por el que estamos aquí?

Loukas se la quedó mirando unos segundos.

–Sí, por supuesto –dijo él con deliberada indolencia–. Cenaremos después.

–Las condiciones del testamento de mi padre son absurdas.

Él no fingió malinterpretar sus palabras.

–¿Te refieres a la cláusula del matrimonio?

–¿Estás de acuerdo con ello? –los ojos de Alesha se agrandaron–. ¿Qué clase de hombre eres?

–Un hombre que prefiere un matrimonio con honestos cimientos.

La mirada que ella le lanzó debería haberle hecho encogerse; sin embargo, no causó efecto alguno en Loukas.

–Por favor, no nos olvidemos de la cuestión principal.

–¿Karsouli Corporation?

Alesha se permitió una amarga sonrisa.

–La última carta de Dimitri.

Loukas le lanzó una reflexiva mirada.

–Quizás.

Al instante, Alesha se puso tensa.

–¿Qué quieres decir?

–Dimitri cometió algunos errores financieros en los últimos meses.

La perplejidad de ella era auténtica y no pudo enmascararla.

–No te creo.

–El estado de la economía global no le ayudó ni tampoco su mala salud.

¿Mala salud?

–Mi padre ha muerto a causa de un accidente automovilístico.

–Tu padre corría el riesgo de un ataque cardíaco y necesitaba someterse a una operación de trasplante de corazón. Se negó a operarse e hizo un trato conmigo para salvar la empresa… y a ti.

«No». Fue un silencioso grito mientras la sangre se le helaba en las venas.

–Karsouli necesitaba una buena inyección de dinero con el fin de continuar siendo solvente.

–¿Cuánto? –preguntó ella casi ahogándose.

–Quinientos millones de dólares.

¿Tanto?

La venta del veinticinco por ciento de las acciones sumaba ese dinero. El regalo de Dimitri en su testamento, a condición del matrimonio, era un plus añadido.

Karsouli Corporation sobreviviría y se expandiría con Loukas Andreou al mando. Ella sería socia y directora.

Pero para eso tenía que acceder a casarse con Loukas Andreou.

Dos ventajas y un inconveniente.

Alesha respiró profundamente para calmarse, pero no provocó el efecto deseado.

–Tendría que verificar lo que has dicho.

–Por supuesto. Tengo copias certificadas de los documentos relevantes para que las examines.

Alesha no podía esperar menos de él. A pesar de contar con la ventaja que le había dado el éxito de su padre en los negocios, Loukas era un hombre decidido a forjar su propio destino, tanto profesional como personalmente.

Alesha aceptó los papeles que él le dio y se tomó su tiempo para leerlos.

Por fin, no tuvo más remedio que enfrentarse a lo inevitable.

Alesha dejó los papeles encima de la mesa y luego miró a Loukas.

—¿Por qué aceptaste las condiciones de Dimitri?

Loukas alzó una ceja.

—¿La verdad? Su condición coincidía con la promesa que yo le había hecho a mi padre de casarme y tener un heredero.

—¡Qué noble eso de sacrificarte por lealtad a la familia! ¿No era ninguna de las mujeres con las que sales digna de tal privilegio?

La expresión de Loukas mostró cinismo.

—No.

—¿Y si decidiera recurrir el testamento?

—De hacerlo, vendería las acciones y tú te encontrarías en una difícil situación financiera.

Y perdería de ese modo todo lo que su padre había logrado. Lo que más le importaba en la vida.

Sintió ira, resentimiento y dolor. Tantas emociones… Y no pudo controlarlas.

Alesha se puso en pie y se volvió hacia la puerta.

—Vete al infierno.

Capítulo 2

TE sugiero que reflexiones antes de salir por esa puerta –le advirtió Loukas con peligrosa suavidad–. O el infierno al que me has enviado será el tuyo.

La amenaza era clara y, en cierto modo, la calmó.

Si se marchaba perdería lo que consideraba lo más importante en su vida.

¿Podía fiarse de Loukas? Y si no se fiaba de él… ¿de quién?

Al menos, Loukas tenía intereses personales en Karsouli Corporation, poseía la habilidad y el conocimiento para compartir con ella la dirección de la empresa, y contaba con recursos económicos…

Sin embargo, ella no estaba dispuesta a ceder fácilmente.

Alesha cerró los ojos unos instantes; después, volvió a abrirlos, respiró profundamente y se volvió de cara a él.

Loukas tenía una fuerza innata y proyectaba un poder que le convertía en un valioso aliado y un temible adversario.

¿Pero un marido? ¿Un amante?

A su memoria acudió el sufrimiento que había padecido con Seth y se estremeció durante un instante.

«No, no pienses en eso».

No todos los hombres tenían las mismas tendencias sádicas.

Sin embargo, ¿cómo podía estar segura?

Seth había representado el papel de novio cariñoso y de amante esposo a la perfección… hasta que ella se negó a ceder a sus exigencias.

De repente, todo le pareció sórdido. Una nube de dolor cruzó sus rasgos… y a Loukas aquello no le pasó desapercibido.

—Si no estuviera la cláusula matrimonial, estaría encantada.

—Pero existe.

—Desgraciadamente.

—Alesha, ¿sí o no? —la expresión de él era ilegible, sus ojos oscuros fijos en ella.

Tenía que contestar afirmativamente; de lo contrario, perdería Karsouli Corporation.

—No me queda más remedio que acceder; eso sí, con ciertas condiciones.

—Adelante, expón tus condiciones.

—Quiero mantener mi puesto en la empresa.

Loukas asintió con la cabeza.

—Naturalmente.

—Habitaciones separadas en donde sea que vayamos a vivir.

Los ojos de Loukas se achicaron.

—¿Por qué?

—Porque prefiero que sea así —contestó ella mirándole fijamente a los ojos.

—¿Debido a qué?

—Necesito mi propio espacio.

Loukas se la quedó mirando en silencio durante interminables segundos.

—La misma habitación, camas separadas —Loukas hizo una pausa—. Hasta que te sientas lo suficientemente cómoda para compartir la cama conmigo.

—No es justo que tú impongas tu voluntad.

—Agradéceme que haya accedido a una de tus condiciones.

Alesha, con creciente temor, se preguntó si no se había vuelto loca al decidir aliarse con un hombre como ese.

—Así que, según tú, debería arrodillarme delante de ti y expresarte mi infinita gratitud, ¿no es eso?

Loukas sonrió irónicamente.

—¿Por salvar Karsouli Corporation?

—Exactamente —respondió ella con un cinismo que a Loukas no le engañó.

Fuerza y cierta fragilidad, pensó Loukas. Una interesante mezcla.

Loukas agarró la carta con el menú, la abrió y se la pasó a Alesha.

—Elije lo que quieras cenar y llamaré para pedir que nos suban la comida.

¿Comida? No podía probar bocado.

—No tengo hambre.

Alesha sólo quería marcharse de allí, alejarse de ese hombre que tenía el destino de ella en sus manos.

—No hemos terminado.

—Sí, hemos terminado.

—Vamos a cenar juntos, vamos a organizar los detalles de la boda y luego te llevaré a tu casa.

Alesha ladeó la cabeza ligeramente.

—Entiendo. Siéntate, mantén la boca cerrada y asiente a todo lo que yo diga, ¿no?

—Dudo mucho que lo de mantener la boca cerrada y asentir a todo lo que yo diga formen parte de tu carácter.

—Eres muy perceptivo —dijo ella con voz engañosamente dulce.

Loukas le dio la carta con el menú.

—Elije o lo haré yo por ti.

Alesha se decidió por un plato ligero; después, trató de pensar en otra cosa mientras él agarraba el auricular del teléfono.

Una tarea difícil, teniendo en cuenta que todas las terminaciones nerviosas de su cuerpo eran conscientes de la presencia de él y de la creciente tensión en la estancia.

Loukas era un sofisticado estratega, un gran conocedor de las maniobras de los humanos con la habilidad de descubrir cualquier estratagema.

¿Existía alguien que hubiera puesto a prueba su control y hubiese logrado salir ileso?

«Qué pregunta tan estúpida». ¿Para qué hacerla? Loukas Andreou era único, indomable e implacable.

¿Pero y la esencia del hombre… como amigo, como amante, como marido? ¿Era capaz de afecto y cariño?

¿O la convertiría en una esposa florero, situación suavizada por el estilo de vida envidiable y los caros regalos?

La cuestión era si compensaba un matrimonio que no quería, con un hombre que anteponía sus intereses financieros a todo, para no perder Karsouli.

«Vamos, sobreponte a la situación», se ordenó a sí misma en silencio. «Creías que habías encontrado al amor de tu vida y desgraciadamente descubriste que no había sido más que un sueño».

Al menos, los sentimientos no le enturbiarían la razón respecto a su matrimonio con Loukas. Ese matrimonio sólo era una cuestión de negocios, ni más ni menos.

Les llevaron la cena, exquisitamente presentada; sin embargo, Alesha apenas pudo apreciarla mientras se llevaba pequeñas porciones a la boca con mecánica precisión.

–Ya tengo los papeles para la licencia matrimonial –le informó Loukas mientras tomaban el café–. Falta tu firma. Podríamos casarnos el viernes.

–¿Este viernes?

–¿Algún problema con que sea el viernes?

«Bromeas, ¿no?»

–¿Por qué tanta prisa?

–¿Por qué retrasarlo?

¿Estaba preparada para casarse?

No. En realidad, no estaría preparada para casarse otra vez ni en una semana ni en un mes ni en un año.

No obstante, sabía que, si se negaba, Loukas no le daría una segunda oportunidad.

–Dame los papeles y un bolígrafo.

Alesha firmó con una sensación de fatalismo; después, agarró el bolso, se lo colgó al hombro y se dirigió hacia la puerta con paso decisivo.

–Tomaré un taxi.

Loukas se puso en pie, agarró la chaqueta, se la echó al hombro y llegó a la puerta antes que ella.

Loukas no le habló durante el corto trayecto a su casa y ella agarró la manija para abrir la puerta del coche en el momento en que él detuvo el vehículo delante de su casa.

Frías y educadas palabras nacidas de los buenos modales inculcados emergieron de sus labios:

–Gracias por traerme.

Alesha no esperó respuesta ni le lanzó una última mirada. Se dirigió a la puerta del edificio con rapidez, abrió y entró.

Sintió un gran alivio al encontrarse en su piso. Su hogar. Un sitio sólo suyo donde se sentía segura y a salvo.

Pero no por mucho tiempo. Demasiado pronto todo cambiaría. Todo.

Se quitó los zapatos de tacón y la chaqueta. No era tarde y estaba demasiado tensa para irse a la cama.

La televisión, una película o trabajar, esas eran las opciones que tenía, pensó mientras se desnudaba y se ponía el pijama antes de quitarse el maquillaje. Después puso un DVD y, con el control remoto en la mano, se sentó en un cómodo sillón.

Era casi medianoche cuando acabó la película. Alesha apagó los aparatos y fue a acostarse… y, sorprendentemente, durmió de un tirón hasta que el despertador sonó a la mañana siguiente.

Continuar con su rutina la ayudaría a centrarse durante el día, por lo que Alesha se puso un chándal, unas zapatillas de deporte, se recogió el pelo, salió de casa y fue al gimnasio.

Una hora de gimnasia la ayudó a disminuir los niveles de estrés, y regresó con renovado vigor para darse una ducha, desayunar y vestirse para ir al trabajo.

Un traje de ejecutiva, pocas joyas, cabello recogido, maquillaje ligero, zapatos de tacón alto… y lista.

Ordenador portátil, cartera y bolso.

Unos minutos después, se sentó al volante de su BMW plateado, encendió el motor y se puso en marcha.

Había bastante tráfico a esas horas, por lo que eran casi las ocho cuando en el aparcamiento tomó el ascensor para subir a un alto piso del moderno edificio que albergaba Karsouli Corporation.

Su despacho tenía una extraordinaria vista del puerto, caras alfombras, brillantes cristaleras, mobiliario de oficina funcional y caras obras de arte colgando de las paredes.

A Dimitri le había gustado exhibir las adquisiciones que su éxito le había permitido comprar. Consultas con excelentes decoradores habían garantizado la falta de ostentación.

Alesha no quería que cambios. De hecho, había insistido en ello. Karsouli continuaría siendo Karsouli en honor a la memoria de su padre y a años de duro trabajo.

–Buenos días –su sonrisa fue cálida al pasar por la recepción y recorrer el amplio pasillo de camino a su despacho.

Repitió el saludo cuando su secretaria se levantó y se acercó a ella con la agenda para ese día en la mano.

–El señor Andreou quiere que vaya a verle inmediatamente. Va a haber una reunión de ejecutivos, presidida por el señor Andreou, a las diez en la sala de conferencias. Ya se ha avisado a todos los jefes de departamento. Lo he anotado todo en su agenda y he impreso una copia para que la lea.

Alesha agarró el papel, lo ojeó y sus ojos se agrandaron ligeramente.

Loukas no estaba perdiendo el tiempo.

–Gracias, Anne. Puede decirle al señor Andreou que me reuniré con él en diez minutos.

–Tengo entendido que quiere verla de inmediato.

–Diez minutos, Anne.

Alesha esperó hasta el último segundo de los diez minutos antes de entrar en el amplio despacho que Dimitri había ocupado tanto tiempo como ella podía recordar... y no pudo evitar una punzada de resentimiento al ver a Loukas sentado detrás del escritorio de su padre.

–¿Querías verme? –la educada sonrisa no le alcanzó los ojos.

Loukas se puso en pie y se acercó a la puerta para cerrarla. El movimiento la puso nerviosa.

Loukas le indicó un asiento de cuero.

–Siéntate –dijo Loukas antes de acercarse al escritorio y apoyarse en él con una cadera.

Alesha continuó de pie.

–Espero que esto no lleve mucho tiempo.

–¿Habrías preferido que te enviara un mensaje para decirte que esta tarde tengo que estar en Melbourne para una reunión de urgencia antes de tomar un avión a Adelaida y luego otro a la Costa de Oro?

–¿Necesitas mi opinión?

–¿Personal o profesional?

¿Una pregunta con trampa?

–Profesional, por supuesto.

Por supuesto. Loukas empequeñeció los ojos fijándose en el traje rojo, los zapatos de tacón, el cabello recogido… y las yemas de los dedos quisieron quitarle las horquillas que le sujetaban el pelo en un elegante moño.

El atuendo de Alesha era una declaración de principios, notó él en silencio. Y se preguntó por qué Alesha lo había creído necesario.

¿Porque se sentía amenazada por él? Quizá tuviera motivos, profesionalmente.

–El actual estado de Karsouli requiere rápida acción y es imperativo mantener reuniones con los tres directores de las tres oficinas en el extranjero. En persona, no por videoconferencia.

Alesha no le dio la satisfacción de decirle que estaba de acuerdo con él.

–¿Cuándo volverás?

–El jueves por la tarde.

–Espero que me mantengas informada. ¿Es eso todo?

Loukas arqueó una ceja.

–Nos queda ultimar los detalles de la boda.

Alesha sintió un nudo en el estómago y le costó un gran esfuerzo mantener la calma.

–Comunícame por e-mail el lugar y la hora.

–Wolseley Road, Point Piper –le dio el número–. El viernes a las cuatro de la tarde.

Alesha arrugó el ceño.

–Esa dirección es de una residencia –situada en una de las zonas más caras de Sidney.

–Mi casa, que están acabando de decorar.

Con dinero se podía conseguir casi todo. Eso explicaba por qué Loukas estaba alojado en un hotel temporalmente.

–También está la cuestión de los asuntos jurídicos de nuestro matrimonio –le informó Loukas–. Tenemos una cita hoy a las tres y media de la tarde para el papeleo.

Con el fin de asegurarse de que todo estuviera bien atado antes de marcharse a Melbourne, advirtió ella.

–Bien.

–¿No tienes nada que decir por tu parte?

–En este momento, no –Alesha logró esbozar una sorprendentemente dulce sonrisa.

Entonces, Alesha se volvió hacia la puerta, pero sólo para descubrir que él se le había adelantado. Intentó ignorar su proximidad, el olor de la colonia, la sensualidad de ese hombre…

Loukas Andreou era un hombre único, un hombre que escapaba a todo intento de clasificación.

¿En qué lugar la dejaba eso?

Por el momento, tenía que conformarse con que fuera en cualquier parte menos en ese despacho.

—A las diez en la sala de conferencias —le recordó Loukas suavemente mientras ella salía por la puerta.

Una reunión que él dirigió con la clase de implacable estrategia que no dejaba lugar a dudas de que su propuesta de reestructuración de Karsouli sería inmediata y extensa.

A Alesha le costó un gran esfuerzo contener su resentimiento y mostrar una actitud neutral cuando lo que realmente deseaba era rechazar a gritos el autoritarismo de Loukas.

Lo consiguió hasta que Loukas dio por terminada la reunión y los demás ejecutivos abandonaron la sala. Entonces, Alesha cerró la puerta y se acercó a Loukas, que estaba metiendo sus papeles en la cartera.

—¿Cómo te atreves a iniciar cambios sin consultar antes conmigo? —preguntó ella furiosa—. Mi padre…

—Tu padre se dejó llevar por sus emociones y no te mantuvo informada sobre la situación real de la empresa.

—Tú no puedes echar…

—Dimitri anotaba detalles sobre la efectividad de cada empleado en sus expedientes personales —Loukas le dio un dispositivo de memoria—. Léelos durante mi ausencia junto con mis recomendaciones y hablaremos de ello cuando regrese.

–¿Y si no estoy de acuerdo contigo?

–Hablaremos de ello.

–¿Lo haremos? –inquirió Alesha en tono sarcástico–. ¿Es necesario que te dé las gracias por hacerme un hueco en tu muy apretada agenda?

El teléfono móvil de Loukas sonó y él miró la procedencia de la llamada.

–Tengo que contestar a esta llamada. A las tres y media en mi despacho, Alesha.

Alesha se sintió tentada de tirarle algo a la cabeza y le sostuvo la mirada intencionadamente. Vio en los ojos de Loukas que él se había dado cuenta de sus intenciones y también vio en sus ojos la silenciosa promesa de la venganza.

La atmósfera se hizo tensa, una fuerza tan sobrecogedora que ella casi se olvidó de respirar.

Entonces, él respondió a la llamada, despidiéndola de esa manera.

Alesha se marchó cerrando la puerta suavemente a sus espaldas, aunque le habría encantado dar un portazo. Necesitaba desfogarse y lo haría… tan pronto como volviera a encontrarse a solas con él.

¡Estaba deseando que llegaran las tres y media de la tarde!

Capítulo 3

ALESHA pasó el resto de la mañana trabajando y, a la hora del almuerzo, le pidió a su secretaria que hiciera que le enviaran un sándwich de pollo con ensalada a su despacho.

La puntualidad le parecía importante y se presentó en el despacho de Loukas a las tres y media en punto.

Él estaba de pie cerca del ventanal con vistas al puerto, estaba hablando por teléfono y, con un gesto, le indicó que se sentara.

Con el fin de llevarle la contraria, ella continuó de pie y logró captar en los ojos de Loukas un brillo de diversión mientras continuaba conversando en francés... con una mujer, a juzgar por el suave tono de voz que estaba empleando.

¿Una amante? ¿Pasada o presente? Desde luego, alguien con quien tenía una relación íntima.

Se dijo a sí misma que no le importaba y, de verdad, no le importaba. En ese caso, ¿cómo explicar el repentino calor que sentía en las venas y esa angustia?

¿Acaso envidiaba a esa mujer por ser objeto de la atención afectiva de él?

No. Ella no quería otro hombre en su vida.

Y menos ese hombre. Impresionante, demasiado poderoso, demasiado.

¿Por qué no llamar a las cosas por su nombre? Aquel griego exudaba un magnetismo sexual que rayaba en lo primitivo.

La promesa sensual estaba ahí, era casi algo tangible. Y durante unos instantes, se preguntó cómo sería sentir las caricias de esas manos, de esa boca... ser poseída por él.

Un cataclismo.

«¡Basta!», se dijo a sí misma en silenciosa amonestación. «Concéntrate en el aquí y ahora».

El despacho de Dimitri había sufrido algunas alteraciones: lo último de la tecnología electrónica había sustituido al ordenador de su padre, varios expedientes ocupaban una esquina de la mesa y también había un MP3. Todo ordenado, pero el lugar de trabajo de un hombre muy ocupado.

–¿Nos vamos?

Alesha lanzó a Loukas una engañosa fría mirada mientras él se metía el móvil en el bolsillo, agarraba la cartera, el portátil y la indicaba que saliera delante de él.

–Me reuniré contigo en la oficina del abogado –dijo ella mientras bajaban en el ascensor al aparcamiento.

–Iremos en mi coche.

–Sería más fácil que te siguiera en el mío.

Las puertas del ascensor se abrieron y Loukas le lanzó una mirada analítica al salir.

–¿Has decidido poner objeciones a todo lo que yo diga?

La atmósfera se cargó de una tensión que ella se negó a definir.

–Te pido disculpas –dijo Alesha con una dulce sonrisa–. Tengo la tendencia a olvidar que la mayoría de las mujeres existen sólo para complacerte.

–Pero tú no –respondió él con una nota de humor.

–No –logró decir ella en tono socarrón–. Sin embargo, en este caso, voy a ceder y tomaré un taxi para volver a la oficina.

Al llegar al Aston Martin, Loukas desbloqueó los cerrojos con el control remoto, metió la cartera y el portátil en el maletero y luego lo cerró.

–Yo mismo te traeré a la oficina antes de continuar hasta el aeropuerto.

–No te pilla de paso.

–Entra en el coche, Alesha –dijo Loukas con una suavidad que traicionaba el tono de advertencia.

Alesha se metió en el coche y esperó a que Loukas estuviera al volante antes de decirle con intencionada dulzura:

–¿Eres siempre tan arrogante?

Loukas encendió el motor.

—Cuando lo requiere la ocasión.

El trayecto les llevó quince minutos y otros cinco encontrar un lugar donde aparcar, justo delante de la oficina del abogado.

Alesha notó que Loukas la estaba observando detenidamente después de pulsar el botón del piso en el ascensor.

—¿Qué pasa? ¿Se me ha corrido el rímel? ¿Crees que llevo demasiado maquillaje?

—Estás perfecta —respondió él en el momento en el que se abrieron las puertas del ascensor y salieron al espacioso vestíbulo.

Al cabo de poco tiempo Alesha había firmado los documentos pertinentes respecto a las condiciones del testamento de Dimitri. Un contrato prematrimonial que cubría toda posible contingencia.

Ella ya había visto las copias. ¿Por qué entonces, de repente, se le había hecho tal nudo en el estómago?

Porque cada paso que daba la acercaba a un matrimonio que no deseaba y con un hombre en el que no le quedaba más remedio que confiar.

Loukas puso su firma en los mismos papeles y entonces el abogado declaró:

—Considero un honor ser uno de los testigos de su boda el viernes. De poder estar aquí, Dimitri se sentiría muy contento.

Alesha logró esbozar una débil sonrisa tras las palabras del abogado.

¿Y ella, acaso no contaba? ¿Acaso era un peón en un juego diabólico?

«Ni se te ocurra pensar eso. Ya está hecho».

Casi.

El siguiente paso… la boda.

Loukas esperó hasta entrar en el coche a la salida del despacho para preguntar mientras encendía el motor:

−¿Puedo dejar en tus manos la elección de un segundo testigo?

Sólo había una persona a la que se le ocurriría pedírselo: Lacey Pattison, su amiga de toda la vida, que irónicamente había sido la dama de honor principal de su primera boda.

−Sí.

Recorrieron en silencio las calles de la ciudad camino a las oficinas de la empresa Al llegar, Loukas paró el coche y dijo:

−Tienes el número de mi teléfono móvil, por si necesitas algo.

Ella le miró fijamente.

−¿Es aquí donde te deseo un buen viaje?

Loukas esbozó una sonrisa.

−Te llamaré el jueves por la tarde.

−Puede que esté en un striptease masculino, de despedida de soltera.

¡Como si fuera a hacer semejante cosa!

−En ese caso, pásatelo bien.

¿Eso era todo? ¿Nada de estallidos machistas?

Y al instante siguiente, Loukas se inclinó sobre ella y, apoderándose de su boca con la suya, le dio un lento beso que la dejó sin respiración.

Después, Loukas se enderezó y empequeñeció los ojos al ver la expresión de desorientación de ella, al notar la palidez de sus mejillas.

Con un rápido movimiento, Alesha se soltó el cinturón de seguridad, agarró el bolso, salió del coche y entró en el edificio sin una sola mirada atrás.

Al llegar al ascensor se permitió reflexionar.

Aún sentía la boca de él en sus labios y se los tocó con los dedos.

¿Qué había sido eso?

Nada la había preparado para aquella inesperada sensualidad… ni para su propia reacción.

La llamada a Lacey desembocó en una vertiginosa serie de preguntas, a las que tuvo que responder con sinceridad.

—Está bien —dijo Lacey con deliberada calma—, hemos hablado de quién, por qué, cuándo y dónde. He hecho las exclamaciones pertinentes. Ahora vamos a lo que importa: ¿qué te vas a poner?

—Debo tener algo que me valga en el armario.

—Mañana al mediodía nos vamos de compras.

—No, Lacey.

—Sí. En Double Bay —Lacey nombró un lugar—. Estaré allí a las tres.

–No acabo de trabajar hasta las cinco.

–Eres la jefa. Sal antes.

–Y tú eres imposible.

–Sí, ya lo sé. Por eso soy tu amiga. A las tres, Alesha. Y no te retrases, tenemos un montón de cosas que hacer.

Alesha abrió la boca para protestar, pero Lacey ya le había colgado el teléfono.

A la mañana siguiente, Alesha llegó pronto a la oficina, no tomó un descanso para almorzar y se reunió con Lacey a la hora acordada para comprar el vestido de boda.

–Primero un café doble con dos cucharaditas de azúcar –dijo Alesha antes de indicar una de las calles de Double Bay con exclusivas boutiques.

–No, querida. Primero el vestido y luego el café.

–Necesito tomar algo.

–Estás intentando retrasarlo. Vamos a comprar tu vestido de novia, necesitamos tiempo, necesitamos mirar.

–Vamos a una boutique –declaró Alesha con firmeza–, elijo un vestido, me lo pruebo, lo pago y nos marchamos.

La sonrisa de Lacey fue impía.

–Eso es lo que tú crees, ¿no?

Alesha alzó los ojos al cielo.

–Sabía que venir contigo iba a traerme todo tipo de problemas.

–Venga, vamos dentro –dijo Lacey delante de una pequeña boutique con un modelo en el escaparate.

La vendedora las saludó con refinada educación.

–Blanco, por supuesto –declaró Lacey.

–Marfil –le corrigió Alesha.

–De largo hasta los pies –dijo Lacey.

–A media pierna.

–Deslumbrante.

Alesha alzó los ojos al techo.

–Sencillo.

–Quizá pudiera ayudarlas si me dijeran cómo va a ser la ceremonia, el tipo de fiesta, el número de invitados… –sugirió la empleada.

–Una boda por lo civil en una casa privada con dos testigos.

–Ah. Entiendo –hizo un suave chasquido con los dedos mientras examinaba el delgado cuerpo de Alesha–. Creo que tengo algo adecuado.

El diseño estaba bien, pero no el color.

–Es un rosa pálido.

–Gracias, pero no.

La segunda boutique tenía el vestido perfecto. Chanel. Pero sólo lo tenían en negro. Alesha le prestó cierta consideración, pero Lacey dijo firmemente:

–No vas a casarte de negro.

–Eh, que la que se casa soy yo.

–Sí, tú. Pero que no se trate de una boda tra-

dicional no significa que no se deba hacer bien.
¿De acuerdo?

Lacey tenía razón.

–Necesito un café –insistió Alesha.

–Pronto, te lo prometo. Venga, vamos.

Lacey la agarró del brazo y la llevó hasta el
coche.

–Entra y conduce. Voy a llevarte a un sitio.

–Más te vale que sea bueno.

Y lo fue. Encontraron el vestido en una preciosa y pequeña boutique. Era un vestido ceñido
de color marfil y champán de seda con un borde
de fino encaje.

–Sandalias de tiras finas con tacones enormes
–aconsejó Lacey–. El mínimo de joyas, sólo
unos pendientes de brillantes. Quizá una pulsera.

Alesha se quitó el vestido, se lo dio a la vendedora. No parpadeó cuando le dijeron el precio.
Dio su tarjeta de crédito y al cabo de unos minutos salieron de la tienda con el vestido envuelto.

–Sandalias de tiras –insistió Lacey–. Después
vamos a tomar el café. ¿De acuerdo?

–Gracias –Alesha le dio un abrazo a su amiga–. No podría haber hecho esto sin ti.

Más tarde, mientras tomaban café, Lacey
adoptó una seria expresión cuando dijo:

–Mereces ser feliz.

Alesha sonrió a modo de respuesta.

–Loukas es un buen hombre.

–¿Y eso cómo lo sabes? –preguntó Alesha.

–Lo he visto algunas veces, ¿o lo has olvidado? Me cae bien.

–¿Y eso debe convencerme? –preguntó Alesha antes de beber un sorbo de café.

–Y qué ojos… y qué boca… –Lacey lanzó un lascivo suspiro–. ¡Y qué todo!

Alesha sonrió traviesamente.

–Creo que necesitas meter comida en el cuerpo. Además, estoy en deuda contigo. Vamos a cenar, invito yo.

Lacey, encantada, lanzó una carcajada.

–¿Dónde?

–Donde tú quieras.

Lacey se permitió unos segundos para deliberar.

–Un italiano. Conozco un pequeño restaurante. Está al otro lado de la ciudad.

Alesha se puso en pie y pagó los cafés.

–Pues vamos.

Las siguientes horas fueron maravillosamente tranquilas. Disfrutaron la cena, tomaron vino, recordaron viejos tiempos y rieron.

La amistad era algo que Alesha valoraba enormemente y entró en su casa aquella noche con ánimos renovados.

La recurrente pesadilla ocurrió antes del amanecer y se despertó casi sin respiración y bañada en sudor.

Alesha encendió la lámpara de la mesilla de noche y el dormitorio se iluminó.

Se llevó una mano al rostro, casi esperando revivir la misma hinchazón, el mismo dolor...

Una silenciosa voz le dijo: «no te preocupes, estás bien. Estás aquí y sola».

Apartó la ropa de la cama, se levantó, fue a la cocina y se preparó un té. Después, se sentó en un sillón, encendió la televisión y eligió un canal en el que echaban una comedia. No se movió hasta que el amanecer gradualmente iluminó el cielo y este pasó de azul oscuro a gris.

Entonces Alesha se dio una ducha y se vistió. Desayunó yogur, fruta y café. Después se maquilló, agarró su portátil, el bolso, las llaves y se fue al centro de la ciudad.

«Concéntrate en el trabajo», se dijo Alesha a sí misma mientras subía en el ascensor al alto piso que albergaba Karsouli Corporation.

Los siguientes días transcurrieron vertiginosamente y aquel, en particular, resultó sumamente ajetreado. Su secretaria se había puesto mala, el ordenador se le estropeó y costó tiempo arreglarlo. A consecuencia de ello, no almorzó y se mantuvo a base de cafés y agua, aunque logró tomar un plátano al mediodía.

A las cinco de la tarde sintió la tentación de dar el día por terminado e irse a casa, pero decidió quedarse trabajando una o dos horas más.

Estaba a punto de terminar cuando sonó su móvil y respondió la llamada automáticamente, sin mirar quién llamaba.

–Alesha.

La profunda voz con ligero acento era inconfundible.

–Hola.

–Estoy subiendo.

¡Estaba ahí, había vuelto! Loukas le había dicho que la llamaría, pero ella no había contado con verle. Tampoco había previsto el repentino hormigueo que sentía en todo el cuerpo.

Al cabo de unos minutos Loukas estaba allí, imponente.

–¿Trabajando todavía?

Loukas notó inmediatamente las ojeras de Alesha. Parecía agotada, casi frágil.

Alesha, intencionadamente, clavó los ojos en la pantalla del ordenador.

–¿Cómo es que has venido a la oficina?

–He venido a recoger unos archivos que no han sido grabados en el sistema.

¿Un punto negativo en el expediente de la última secretaria de Dimitri?

Su padre había exigido eficacia a sus empleados, pero no al nivel que Loukas exigía.

–¿Un día duro?

–Sí, pero ya casi he acabado.

–Bien. En ese caso, vamos a cenar comida china.

Alesha levantó la cabeza y entonces vio la bolsa que él acababa de dejar encima del escritorio.

–¿Has traído comida? –el estómago le dio un vuelco con anticipado placer.

–Hoy me he saltado el almuerzo –explicó Loukas, que había rechazado la comida del avión.

Loukas la oyó suspirar cuando ella apagó el ordenador. Con rápidos movimientos, abrió los estuches de cartón con la comida y le pasó unos palillos chinos.

–Come.

Y Alesha comió, con evidente placer.

–Gracias. Esto está mucho mejor que la ensalada y los huevos cocidos.

–¿No ha habido despedida de soltera?

–No, los del striptease se han puesto malos.

–¿Y no han podido sustituirles? –preguntó él con humor.

–Desgraciadamente, no.

La presencia de Loukas la ponía nerviosa. Ese hombre poseía una peligrosa química sexual mezclada con un primitivismo que prometía demasiado.

La llenaba de una curiosa tensión, turbación y expectación.

Lo que era una locura porque Loukas ni siquiera le caía bien.

«Deberías marcharte», se dijo a sí misma en silencio.

Con esa idea en la cabeza, Alesha agarró la chaqueta, el portátil y el bolso.

–Te dejo. Tienes trabajo.

Loukas se puso en pie.

–Te acompañaré hasta el coche.

–No es necesario.

Loukas se limitó a arquear una ceja y le indicó que le precediera.

–Yo considero que sí lo es.

Alesha fue a protestar. Sin embargo, al final decidió esbozar una sonrisa.

–Qué… amable.

Sus ojos se agrandaron cuando Loukas le pasó un dedo por la mejilla y el gesto la dejó sin respiración.

–Y duerme –Loukas bajó la mano y ella se quedó inmóvil unos momentos antes de ponerse en movimiento.

Por suerte, la puerta del ascensor se abrió al instante y pronto llegaron al aparcamiento. En cuestión de minutos, estaba sentada al volante recorriendo el trayecto a su casa.

Al entrar en su piso, lanzó un suspiro de alivio. Se dio una ducha, se puso el pijama, se preparó un té y se sentó en un sillón a ver la televisión durante un par de horas; después, se metió en la cama.

Adormilada pensó que el día siguiente era el día en que iba a casarse con Loukas.

Compartiría su casa y, al cabo de un tiempo, su cama.

¿Cuánto tiempo le permitiría Loukas dormir

sola en una cama individual? ¿Unas cuantas noches, una semana…?

¿Tenía importancia?

Se dijo a sí misma que le daba igual. El sexo era sólo eso, sexo. En la oscuridad podría cerrar los ojos y esperar a que el acto llegara a su fin.

Capítulo 4

DOS bodas en el espacio de tres años, pensó Alesha mientras daba los últimos toques a su maquillaje.

Al contrario que la primera, su segunda boda iba a ser sumamente sencilla: en la casa del novio en Point Piper, una ceremonia civil con el abogado de Dimitri y Lacey como testigos.

En ese caso, ¿por qué estaba hecha un manojo de nervios?

—Estás guapísima —dijo Lacey con sinceridad.

—Gracias.

Lacey clavó los ojos en la pequeña bolsa de viaje a los pies de la cama.

—¿Es eso todo lo que te vas a llevar?

—Es suficiente para un fin de semana.

—Querida, vas a ir a vivir con Loukas —le recordó Lacey—. Definitivamente. Tienes que llevarte todas tus cosas.

—Empezaré a llevarme cosas mañana.

—¡Qué! —exclamó Lacey con escepticismo.

Discutir con Lacey era imposible, por lo que

Alesha permitió a su amiga que abriera el armario y empezara a meter ropa en una maleta.

–Bueno, vámonos ya.

Pronto, se encontraron en medio del tráfico de la ciudad, Alesha en su coche y Lacey siguiéndola en el suyo.

La casa de Loukas estaba rodeada de un alto muro. Las puertas del muro se abrían a un camino curvo que conducía a la mansión de dos pisos. Una puerta de doble hoja de madera maciza permitía la entrada a la casa.

Alesha aparcó su coche detrás de un vehículo de tracción a cuatro ruedas y Lacey aparcó el suyo detrás del de ella. Tan pronto como apagó el motor, las puertas de la casa se abrieron y Loukas hizo su aparición. Un oscuro e inmaculado traje enfatizaba la anchura de sus hombros, su presencia era imponente.

Alesha no pudo controlar el cosquilleo que sintió en el estómago cuando Loukas le abrió la puerta del coche.

–Alesha…

Alesha se sintió presa de un súbito ataque de pánico bajo la oscura e intensa mirada de él. En cuestión de una hora como máximo sería la esposa de ese hombre. ¿Se transformaría Loukas en otra persona al cabo de unas horas… como lo había hecho Seth?

El miedo la hizo temblar, pero trató de disimular su temor sonriendo.

El ruido de un motor llamó su atención y, al volver la cabeza, vio un coche deslizándose hasta detenerse detrás del de Lacey.

–Bueno, ya estamos todos –dijo Alesha en tono ligero cuando Lacey se les acercó, seguida casi inmediatamente del abogado de Dimitri.

Loukas les condujo al amplio vestíbulo con suelos de mármol y de cuyo techo colgaba una exquisita araña.

Mesas de anticuario, sillas de madera tallada, apliques de pared y pinturas adornaban un vestíbulo cuyo elemento centrar era una escalera circular de mármol con barandilla de hierro forjado que subía a un mirador acristalado en el primer piso que se dividía en dos galerías igualmente adornadas con barandillas de hierro forjado.

–Vamos al salón –dijo Loukas–. La ceremonia se va a celebrar ahí.

Alesha se movió automáticamente, tan consciente de la presencia de Loukas a su lado que apenas se fijó en los preciosos sofás y sillones y tampoco en los sorprendentemente altos techos.

Clavó los ojos en la pequeña mesa cubierta con un exquisito mantel de encaje en la que había una vela, un delicado ramo de orquídeas y una Biblia encuadernada en cuero.

Tras las presentaciones, la jueza de paz habló con el abogado y comenzó la ceremonia.

Loukas le capturó la mano y la mantuvo en la

suya mientras Alesha oía las solemnes palabras e intercambiaban los votos y los anillos.

–Me produce un gran placer declararles marido y mujer –dijo la jueza con una agradable sonrisa.

Entonces, Loukas alzó ambas manos, tomó el rostro de su esposa en ellas y le cubrió los labios con los suyos.

¡Cielos! Debía de haber alguna explicación para el calor que sintió en lo más profundo de su cuerpo.

Cómo podía siquiera pensar en lo que sentiría si le invitaba a caricias más íntimas, a dejar que sus manos le recorrieran el cuerpo…

¿Se lo permitiría? Tras dejar a Seth, había cerrado su corazón y había jurado no volver a permitirse tener una relación sentimental con ningún otro hombre.

Alesha oyó la risa de Lacey en el momento en que se vio envuelta en un abrazo acompañado de las felicitaciones del abogado y de la jueza de paz; Loukas, que tenía la mano en su espalda, la soltó para abrir el champán.

Alesha aceptó una copa, sonrió con los brindis y logró tomarse un canapé entre los que presentó en una bandeja el ama de llaves de Loukas, Eloise.

La jueza de paz se marchó y la conversación fluyó durante un rato hasta que el abogado anunció su marcha y Lacey le imitó, no sin antes darle un beso a su amiga en la mejilla y decirle a Loukas:

–Cuídala.

–Esa es mi intención.

Fueron juntos al vestíbulo donde se encontraba la puerta principal de la casa y Loukas la abrió.

–Conduce con cuidado.

–Siempre lo hago.

Cuando se quedaron solos, Alesha se sintió extremadamente consciente de la presencia del hombre a su lado mientras cerraba las puertas y activaba el dispositivo de seguridad.

La casa, la mansión, parecía increíblemente grande. Loukas le indicó la escalinata.

–Eloise habrá subido tus cosas al piso de arriba.

–¿Ahora es cuando viene la parte en que me enseñas la casa?

–¿Preferirías verla tú sola?

Alesha se acercó a la escalinata y comenzó a ascender, consciente de que él la seguía.

–Podría perderme.

–Es todo muy sencillo. Nuestras habitaciones y el despacho están situados a la izquierda, a la derecha están las habitaciones de invitados. El piso bajo cuenta con salones y comedores formales e informales, cuarto con juegos de ordenador, sala de cine, cocina y cuarto de lavar. En el sótano, hay un gimnasio, una sala de juegos y una piscina cubierta. Fuera hay una piscina al aire libre y un piso para el servicio encima de los garajes.

Llegaron a la galería y giraron a la izquierda.

–Es una casa muy grande para un hombre solo.

–Un hombre que acaba de hacerse con una esposa –le recordó él con voz suave.

Loukas abrió unas puertas de hoja doble, las de la espaciosa habitación de matrimonio con dos camas dobles.

Loukas había mantenido su promesa.

Alesha se dijo a sí misma que debería sentirse aliviada, y lo estaba. No obstante, compartir habitación implicaba una cierta intimidad que la hacía sentirse incómoda. El dormitorio tenía dos baños privados, dos vestidores y una pequeña estancia con dos cómodos sillones y lámparas.

Tuvo que admitir que era increíble. Una habitación lujosa con espectaculares vistas al puerto y a la ciudad. De noche, con la ciudad iluminada, pura magia.

Loukas se quitó la chaqueta y la corbata y se desabrochó el botón del cuello de la camisa.

Dudando de las intenciones de Loukas, Alesha contuvo la respiración. Él lo notó.

–Quizá quieras cambiarte y ponerte más cómoda.

Alesha le recordó a un animal atrapado, un animal que sabía lo que era el miedo y el dolor, y que tenía razones para desconfiar.

–Eloise ha deshecho tu equipaje –Loukas le indicó el vestidor de ella–. Mañana haremos el traslado del resto de tus cosas.

–Lo haré yo misma.

–No será necesario.

Ponerse algo más cómodo dependía de lo que Lacey le hubiera metido en la maleta, pensó Alesha mientras se acercaba al vestidor para examinar su limitado vestuario.

Nada de vaqueros, unos pantalones de sastre y una blusa de algodón.

Unos minutos más tarde, Alesha salió del vestidor y encontró a Loukas de pie delante del ventanal contemplando la vista panorámica. La camisa blanca acentuaba la impresionante anchura de sus hombros y las mangas remangadas le daban un aspecto informal.

Le vio volverse hacia ella y contuvo la respiración.

–¿Te parece que comamos algo?

Alesha no tenía hambre, aunque bebió un poco de un excelente vino y probó algo de los tres platos que le presentaron mientras mantenían una conversación superficial.

–¿Ves a mucho a Lacey?

Alesha no sabía si la pregunta de Loukas se debía a un verdadero interés o si sólo quería encauzar la conversación a temas más personales.

–Sí, la veo bastante –respondió ella en tono

ligero–. Salimos a cenar por lo menos una vez a la semana, vamos al cine, de compras…

–Si no recuerdo mal, te gustaba jugar al tenis. ¿Sigues jugando?

–No tanto como antes –Alesha bebió un sorbo de vino–. ¿Y tú viajas tanto como antes?

–Últimamente, mi padre prefiere permanecer en Grecia –Loukas se encogió de hombros–. Nuestra empresa tiene oficinas en Londres, Milán y Nueva York, y yo suelo ir a visitarlas de vez en cuando, y también superviso nuestra oficina central en Atenas.

–Y ahora has añadido Sidney.

–¿Sigue preocupándote ese asunto? –preguntó Loukas arqueando las cejas.

–No me queda más remedio que aceptarlo.

–Sí, es un poco tarde para echarte atrás.

–¿Cómo están tus padres y tu hermana Lexi?

–Muy bien. Mi madre está muy ocupada con sus comités. Lexi diseña joyas y tiene un estudio en el barrio de Plaka.

–¿Y tu tía Daria?

Loukas no pudo evitar sonreír.

–Sigue tan suya como siempre.

De una franqueza que rayaba en la grosería, Alesha recordaba a Daria de una visita que había hecho con sus padres a Angelina y a Constantine Andreou.

–Bien, ya hemos dado cuenta de amigos y familia –logró decir Alesha en tono ligero–. ¿Pasa-

mos a asuntos más personales? ¿El plan de re-
producción, por ejemplo? ¿Eres consciente de
que el sexo de un retoño lo deciden los esperma-
tozoides? Te lo digo porque me niego a que me
eches la culpa si se da el caso de que tengamos
sólo hembras.

Alesha vio la débil sonrisa de él.

–¿Por qué iba a echarte la culpa? Al fin y al
cabo, su madre sería todo un ejemplo de lo que
una mujer puede conseguir.

–¿Un intento de ablandarme para el inevitable momento de la consumación? –Alesha era
consciente de que había iniciado un sendero peligroso y se censuró a sí misma en silencio.

–¿Te molesta la química que hay entre ambos?

–¿Vas a decirme que la química es garantía
de satisfacción en la cama?

«¿Qué demonios te pasa?», le gritó una voz
en la cabeza. «¿Te has vuelto loca?»

–¿Que pienses así es culpa de tu ex?

Alesha se maldijo a sí misma por haber reve-
lado tanto de sí misma.

–¿Esperas que conteste a esa pregunta?

Loukas guardó silencio unos instantes, durante los cuales a ella le resultó difícil mantenerle la
mirada.

–Acabas de hacerlo.

Cuando se casó con Seth, había estado ena-
morada. Pero la mágica noche de bodas que ha-

bía imaginado no llegó a cobrar realidad debido a que su marido había tomado demasiado champán. El sexo resultó ser… menos de lo que había supuesto que sería. Después, cuando ella se negó a ceder a las demandas de Seth respecto a trasladarse a una casa más lujosa, a mejorar su tren de vida y a permitirle acceso ilimitado a las cuentas bancarias, el sexo se convirtió en un castigo que ella intentó evitar… con un alto coste. Y al dejarle, se juró a sí misma no volver a permitir que un hombre formara parte de su vida.

Sin embargo, ahí estaba, casada desde hacía unas horas con un hombre que su padre había elegido para ella y al que no quería. Compartiendo la misma habitación con camas separadas, pero… ¿durante cuánto tiempo? ¿Una o dos noches?

El instinto le decía que no podría con un hombre del calibre de Loukas, cuya sexualidad rayaba en lo primitivo.

Era un hombre imponente.

En parte, quería vivir la experiencia; sin embargo, la razón le decía que quizá no lograra sobrevivir emocionalmente.

Sintió alivio cuando Eloise entró en el comedor para recoger la mesa. Ella se decantó por un té, en vez del fuerte expreso que prefirió Loukas.

¿Cuánto tiempo tendría que esperar para retirarse a dormir?

—Tengo que hacer unas llamadas internacionales —dijo Loukas mirándola detenidamente, haciéndola temer que le había leído el pensamiento–. Además tengo que trabajar una o dos horas con el ordenador, ya que es casi la hora de que empiecen la jornada laboral en Europa.

El alivio de ella fue palpable, aunque esperó que no hubiera sido evidente.

–Muy bien, no te preocupes por mí –Alesha se puso en pie y salió del comedor, con él a sus espaldas.

En el dormitorio, agarró un pijama, se dirigió a su cuarto de baño y cedió a la tentación que representaba la bañera de hidromasaje.

Lanzó un suspiro de puro placer al sumergirse en la burbujeante agua y descansó la cabeza en un cojín de la bañera.

Diez minutos, pensó mientras todos los músculos de su cuerpo se relajaban. Después, saldría de la bañera, se secaría, se pondría el pijama y se acostaría.

Era casi medianoche cuando Loukas apagó el ordenador y la lámpara del escritorio. Había hablado con Constantine en la oficina de Atenas, con dos compañeros de trabajo en París y con otro en Roma. Y había analizado las bolsas extranjeras.

Alzó los brazos y se estiró; después, se quedó sentado con expresión reflexiva durante unos minutos antes de ponerse en pie.

En la cocina, se sirvió un vaso de agua, la bebió y luego subió al piso de arriba sigilosamente.

El dormitorio estaba iluminado por la suave luz de la lámpara de una de las mesillas de noche, pero ambas camas estaban vacías.

Loukas arrugó el ceño mientras cruzaba la habitación. Llamó suavemente a la puerta del baño de ella y, al no obtener respuesta, la abrió.

Se quedó inmóvil durante unos momentos, absorbiendo la escena que tenía delante: las burbujas producidas por los chorros de la bañera de hidromasaje, la delgada forma femenina cuyos rasgos en reposo le conferían una cualidad casi infantil desprovista de artificios…

Los suaves labios entreabiertos casi le rogaron el roce de los suyos. Tenía piel de porcelana, una perfecta nariz y unas pestañas largas.

Loukas se acercó a la bañera y cerró el grifo de las burbujas; después, agarró unas toallas y pronunció el nombre de ella suavemente.

Alesha no le oyó y Loukas se permitió pasear los ojos por las delgadas curvas, por sus bien formados senos, por la delicada cintura y el liso vientre con un piercing en el ombligo. La descarada joya brillaba bajo la superficie del agua.

Loukas sintió una excitación sexual que se esforzó por contener.

–Alesha –dijo con voz más firme, y la vio parpadear–. Alesha, despierta.

En el momento en que se despertó, la expresión de Alesha mostró una mezcla de sorpresa, miedo y confusión.

–Alesha, es casi medianoche –dijo él con voz suave–. Te has quedado dormida en la bañera.

Loukas vio el cambió de expresión de ella, vio su vergüenza y luego su indignación cuando, automáticamente, subió las manos para cubrir las partes más vulnerables de su cuerpo.

–Deja las toallas y vete, por favor.

Loukas tuvo la tentación de sacarla del agua, envolverla en una toalla y llevarla a la cama en brazos, a su cama.

Pero cuando la poseyera sería porque ella quisiera, no porque se sometiera a él.

Por lo tanto, Loukas hizo lo que ella le había pedido y cerró la puerta del baño al salir. Después, se desnudó, se dio una ducha fría, se acostó y se quedó tumbado boca arriba con los brazos debajo de la cabeza.

La vio salir del cuarto de baño cubierta con un pijama de algodón y un aspecto imposiblemente joven.

Sonrió al notar que ella evitaba su mirada y esperó a que Alesha se hubiera acostado para apagar la luz.

–Buenas noches –dijo él en la oscuridad, y oyó un murmullo a modo de respuesta.

Capítulo 5

ALESHA sintió un gran alivio cuando, al despertarse a la mañana siguiente, vio que la otra cama estaba vacía.

Miró el reloj y, al ver que casi eran las ocho, se levantó rápidamente, se vistió con unos vaqueros y una camiseta y bajó a la cocina.

Allí encontró a Eloise, pero ni rastro de Loukas.

–Buenos días –dijo Alesha con una cálida sonrisa, que el ama de llaves le devolvió.

–Hace un día precioso –dijo Eloise–. ¿Qué quiere que le prepare para desayunar?

–Si no le importa, yo misma me prepararé un café y un cuenco de cereales con fruta, y me lo tomaré en la terraza.

–Puedo cocinarle algo si lo prefiere.

–No, gracias.

Mientras desayunaba, Alesha paseó la vista por el horizonte de la ciudad. Sidney era su hogar, el lugar donde había nacido y se había educado…

–Cuando te termines el café, iremos a tu casa a recoger el resto de tus cosas.

Loukas se le había acercado con el sigilo de un felino y ella dejó la taza de café en la mesa antes de volverse para mirarle.

Iba vestido con vaqueros y una camisa de algodón, su aspecto engañosamente dejado, la antítesis del hombre que realmente era. Pero eran sus ojos lo que la inquietaban…

¿Por qué no admitirlo? Loukas la hacía sentirse vulnerable en extremo.

—Puedo hacerlo yo sola.

—No es necesario.

—¿Y si lo prefiriese?

—Alesha, no sigas por ese camino, por favor.

—No sabía que casarme contigo significara perder mi libertad de elección.

Loukas apoyó una cadera en el borde de la mesa y se inclinó sobre ella.

—¿Prefieres poner las cosas difíciles? ¿O es que te has propuesto objetar a todo lo que yo diga?

—Si lo que querías era una esposa que asienta a todo lo que tú digas, me parece que has tenido mala suerte.

—Al menos, la vida será interesante.

Ella sonrió burlonamente.

—¿Eso crees?

Loukas se enderezó.

—Nos vamos, no olvides las llaves de tu piso. Por cierto, creo que se te ha olvidado que esta tarde tenemos que asistir a una de las fiestas de recaudación de fondos que tu padre patrocinaba. Dudo que hayas traído contigo un vestido para la ocasión.

Sí, se le había olvidado y no tenía ni vestido de noche ni zapatos ni nada.

Y tampoco quería ir a la fiesta. Sin embargo, el sentido del deber le impedía ausentarse; sobre todo, tratándose de una recaudación de fondos que pagaría la realización del sueño de un niño con una enfermedad.

Alesha subió a la habitación a recoger las llaves de su casa y a los pocos minutos se pusieron en camino.

Trabajaron metódicamente, trasladando la ropa de armarios y cajones a cajas de embalaje; y durante todo el tiempo, Alesha trató de ignorar la presencia de Loukas… sin lograrlo.

Alesha se vistió con un exquisito vestido largo de color esmeralda ceñido al cuerpo como un guante. Se dejó el pelo suelto y se decidió por un maquillaje que ensalzaba sus ojos y sus labios.

Tenían que llegar a la fiesta entre las seis y media y las siete de la tarde, lo que significaba salir de la casa a las seis. Se puso unos pendientes de brillantes, pero encontró difícil abrocharse la cadena con el colgante que hacía juego con los pendientes.

–¿Problemas? –Loukas se colocó a sus espaldas y ella contuvo la respiración al sentir el roce de los dedos de él en el cuello mientras le abrochaba la cadena.

Loukas parecía rodearla, una fuerza magnética que hacía que el cuerpo entero le latiera con independencia de los dictados de su mente.

Durante unos segundos, Alesha se preguntó si él lo sabía.

–¿Lista?

Alesha se apartó de él y agarró el bolso.

–Sí.

Loukas detuvo el coche delante de la entrada principal de uno de los hoteles de más prestigio de Sidney. Con eficiencia, el conserje encargó a uno de los botones que aparcara el coche y Alesha entró en el vestíbulo del hotel al lado de Loukas.

Una magnífica escalinata curva daba a un entresuelo donde los invitados se habían congregado, la antesala del gran salón. Camareros uniformados de ambos sexos se paseaban con bandejas de canapés, champán y zumo de naranja.

Inevitablemente, el anillo de bodas con un brillante incrustado llamó la atención de inmediato, al igual que el sencillo anillo de oro de Loukas. Las preguntas no se hicieron esperar:

–Querida, me alegro mucho de que hayas encontrado felicidad en un momento tan triste –las palabras fueron expresadas sinceramente y Alesha aceptó el beso de la mujer, miembro del comité de la obra de caridad.

Siguieron más abrazos y felicitaciones tanto para ella como para Loukas. Algunas mujeres expresaron su afecto a Loukas con más entusiasmo del requerido por la ocasión; dos de ellas en particular.

Alesha se dijo a sí misma que no le importaba que aquella belleza rubia se apretara contra el cuerpo de Loukas y le rodeara el cuello con los brazos.

Y tuvo que reconocer que él movió la cabeza para que el beso sólo le rozara la mandíbula antes de sonreír forzadamente y quitarse los brazos de la rubia de encima.

Tras una carcajada burbujeante, la rubia se volvió hacia ella.

–Querida, es un hombre delicioso. Si no te me hubieras adelantado…

Alesha se limitó a sonreír y apenas pudo contener la sorpresa cuando Loukas le alzó la mano y le acarició la palma con los labios.

Durante unos segundos, con los ojos fijos en los de él, todo lo que la rodeaba dejó de existir y el ambiente entre ambos se llenó de tensión. Entonces, Loukas sonrió y agarró su mano.

–Afortunadamente, se adelantó –dijo él.

«¡Dios mío! ¿A qué ha venido eso?»

«Representando el papel de amante esposo», se respondió Alesha a sí misma en silencio. «Y qué bien lo hace».

–Es una pena –declaró la rubia con aparente pesar–. Podríamos habernos divertido.

Y tras esas palabras, la rubia se dio media vuelta y desapareció entre los invitados.

–Ya puedes soltarme –dijo Alesha en tono quedo mientras intentaba zafarse de su mano; pero Loukas, sujetándosela, entrelazó los dedos con los suyos–. ¿Tienes que seguir con esto?

–Sí.

Loukas vio una repentina sombra en los ojos de ella, pero desapareció al instante.

En ese momento, las puertas del gran salón se abrieron y los congregados se dispusieron a cruzarlas.

Su mesa ocupaba un lugar prominente y, como de costumbre, los miembros del comité hablaron de su gratitud hacia los fundadores de la organización y pidieron la generosa colaboración de los allí presentes. A los discursos siguió la cena y, por fin, llegaron los cafés y la música. Algunas de las parejas más mayores comenzaron a marcharse; algunos, entre los jóvenes, comenzaron a bailar.

–¿Bailamos?

¿Bailar? ¿Bailar con él?

Alesha había bailado algunas veces, en el pasado. En el pasado lejano, cuando su vida no había tenido complicaciones y veía el futuro con optimismo. Pero tras el divorcio con Seth, el único hombre con el que había bailado ocasionalmente había sido su padre, el único hombre con el que se había sentido completamente a salvo.

Loukas no la hacía sentirse a salvo.

«Por el amor de Dios, contrólate», se ordenó a sí misma. Estaba en un salón lleno de gente y se estaba comportando de forma ridícula.

–Claro, ¿por qué no? –logró responder simplemente.

Pero nada era simple en lo que a Loukas se refería. Incluso con esos altos tacones que llevaba, no podía evitar sentirse diminuta al lado de él; ni tampoco podía evitar ser tan consciente de su fuerza y energía sexual.

El disc-jockey eligió entonces una música lenta y las luces disminuyeron en intensidad con el fin de producir una sensación de intimidad. Alesha quiso apartarse de Loukas.

Lo intentó sin conseguirlo y el baile se hizo casi doloroso. Deseó cosas que sabía que no podía desear, que no debía desear…

«Por favor», rogó Alesha en silencio. «No puedo hacer esto. Quiero volver a mi vida normal, a mi vida sola. Sin ataduras ni el riesgo de que me rompan el corazón».

–Creo que ya hemos convencido a todos de lo felices que somos –dijo Alesha, preguntándose si Loukas tenía idea del trabajo que le estaba costando seguir bailando con él.

–¿Te has cansado ya? –preguntó Loukas con un ligero tono de incredulidad en la voz.

–Lo siento, pero sí –contestó ella con voz dulce.

–No, no lo sientes.

Pero Loukas la soltó y se dirigieron a su mesa.

Las despedidas les llevaron un tiempo y Alesha sintió un gran alivio cuando salieron del gran salón y descendieron la escalinata que daba al vestíbulo del hotel.

Una vez en el coche, Alesha se abrochó el cinturón de seguridad, apoyó la cabeza en el respaldo del asiento y cerró los ojos.

A casa. A la cama. A descansar…

Pero su casa ya no era su piso y, como era tarde, dudaba que Loukas fuera a su estudio a trabajar un rato antes de acostarse.

–¿Dolor de cabeza?

Alesha abrió los ojos y volvió el rostro hacia él. Sería muy fácil contestar que sí y estuvo a punto de hacerlo, pero la honestidad se lo impidió y negó con la cabeza.

–Te las has arreglado muy bien, dadas las circunstancias –dijo Loukas.

–Y tú has estado magnífico.

–¿Es un cumplido?

–Por supuesto. ¿Qué otra cosa podía ser? –dijo ella mirándola con precaución.

Era pasada la medianoche cuando Loukas metió el coche en el garaje y conectó las alarmas.

Alesha, adelantándose a él, subió las escaleras y entró en la habitación. Una vez allí, se quitó los zapatos de tacón y los pendientes, y fue a desabrocharse la cadena con el colgante.

Estaba atascada y lanzó un juramento entre dientes.

—Deja que lo haga yo.

No le había oído entrar en la habitación y contuvo la respiración al sentir sus dedos en el cuello. En cuestión de segundos, Loukas le había quitado la cadena y se la dio.

—Gracias.

Loukas tenía la mirada profundamente oscura cuando le puso un dedo debajo de la barbilla.

—En ese caso… dame las gracias de verdad.

Los ojos de ella echaron chispas cuando Loukas bajó la cabeza.

—No…

Pero no consiguió continuar porque la boca de Loukas atrapó la suya, una promesa sensual en busca de una respuesta.

Enfatizando sus intenciones, Loukas le puso una mano en la nuca y otra en la espalda, estrechándola contra su cuerpo.

Él profundizó el beso, acariciándole el interior de la boca con los movimientos eróticos de su lengua, haciendo que la sangre le hirviera en las venas, haciéndola sentirse perdida en un incipiente deseo…

Una experiencia completamente distinta a la sufrida en la crueldad de los brazos de Seth.

Le resultaría tan fácil cerrar los ojos y permitir que ocurriera... lo que ocurriese.

Sintió las manos de él en la cremallera del vestido; después, la fina seda deslizándose por su cuerpo. Sólo llevaba un tanga de seda y contuvo la respiración cuando él le cubrió los pechos y acarició sus contornos, excitando los tiernos pezones hasta dejarla sin voluntad contra un placer que la hizo gemir.

La boca de Loukas poseía la suya con persuasión cuando bajó la mano en busca del hinchado clítoris.

Espontáneamente, Alesha se arqueó contra él, inconsciente del gemido sexual que surgió de su garganta cuando Loukas, con maestría, le hizo alcanzar el clímax y, sujetándola donde estaba, probó su humedad.

Fue el miedo a ser poseída lo que la dejó casi sin respiración, helada, de repente sumergida en un mundo en el que imágenes del pasado y el presente se mezclaban. Y fue el miedo lo que la dio fuerzas para apartar la boca de la de él antes de alzar los puños y golpearle en los hombros con el fin de salir de su abrazo.

Loukas la soltó y ella se quedó mirándole con perplejidad. Confusa y abatida, se abrazó a sí misma mientras temblaba convulsivamente.

Quería echar a correr y esconderse, pero sabía que huir no la llevaría a ninguna parte. Y... ¿qué podía decir? No quería dar explicaciones, no quería hablar del pasado; sin embargo, ¿cómo no iba a dar ninguna explicación?

Sus ojos se agrandaron desmesuradamente cuando Loukas alzó una mano e, instintivamente, dio un paso atrás.

Loukas notó el miedo de ella e hizo un gran esfuerzo por controlar la ira mientras se quitaba la chaqueta y cubría a Alesha con ella.

–Lo siento –dijo Alesha en un susurro.

No tanto como lo sentía él, pensó Loukas, y por motivos distintos a los que ella se refería supuestamente. Su frustración cesaría… tarde o temprano, pero los problemas de Alesha con el sexo eran más difíciles de solucionar.

Ahora tenía una idea de lo que el anterior matrimonio de Alesha debía haber sido y, silenciosamente, maldijo al hombre que, como resultaba evidente, la había maltratado.

–Debería habértelo… –comenzó a decir Alesha, pero él le puso un dedo sobre los labios para acallarla tiernamente. «Advertido», concluyó ella para sí.

–Ssssss –susurró Loukas, silenciándola.

Alesha quería escapar, quería ponerse el pijama, meterse en la cama y dormirse; pero sus pies no se movían.

–Iré a dormir a otra habitación –dijo Alesha, y sintió la suave caricia de los dedos de Loukas en los labios.

–No.

Alesha pensó en lo cerca que había estado de consumar su matrimonio y casi se arrepintió de que Loukas no hubiera ignorado su reacción. De haber sido así, quizá hubiera logrado vender el miedo y olvidarse por fin del ataque al que Seth la había sometido aquella fatídica noche del no muy lejano pasado.

Al menos, le debía a Loukas una explicación.

Después de numerosas consultas con psicólogos y psicoterapeutas, había creído haber conquistado su miedo a la intimidad sexual después de lo de Seth... pero hasta esa noche no se había puesto a prueba.

Esa noche había permitido a ese hombre acercarse a ella y el resultado había sido desastroso.

Como consecuencia, se sentía culpable y avergonzada de sí misma.

—Necesito... —«escapar, apartarme de él, irme; pero... ¿adónde?»

«Vamos, vete», le dijo una voz en su interior. Y sin pronunciar una palabra más, se dirigió a su cuarto de baño y cerró la puerta.

Una vez dentro, se desprendió de la chaqueta de él, se quitó el maquillaje, se cepilló los dientes con vigor. Luego, se puso un pijama, hizo unas respiraciones profundas y volvió a salir al dormitorio.

Y lo encontró vacío.

Con alivio, se acercó a su cama, se metió en

ella y, disminuyendo la intensidad de la luz, cerró los ojos.

Pero las imágenes que asaltaron su mente no le permitían dormir…

Capítulo 6

LOUKAS se pasó una mano por el cabello mojado y agarró una toalla.

La ducha le había relajado los músculos, pero no había hecho desaparecer la ira contra el hombre que había sembrado la semilla del miedo en la mujer con la que se había casado.

Entrecerró los ojos mientras se ponía los calzoncillos. ¿Qué demonios había hecho el exmarido de Alesha para transformar a una mujer joven y extrovertida en una mujer con problemas sexuales?

¿La había violado? ¿Le había pegado? ¿Las dos cosas?

Cerró las manos en dos puños al imaginarla sometida a semejante trato. Y, a continuación, se tomó un momento para reflexionar sobre por qué le afectaba hasta ese punto.

¿Se había enterado Dimitri de que su hija había sido maltratada?

Al salir del baño y entrar en la habitación paseó la mirada por el delgado cuerpo de Alesha. ¿Estaba dormida o se hacía la dormida?

Loukas se metió en su cama, apagó la luz y repasó mentalmente lo que había ocurrido desde el momento en que llegaron a casa de la fiesta.

Alesha había besado como un ángel y él estaba dispuesto a jurar que la reacción a sus caricias había sido sincera... hasta que él pánico se había apoderado de ella y había forcejeado con él con una desesperación nacida del pánico.

Loukas tardó un rato en dormirse, pero el suave pitido del sensor de seguridad le despertó. Alargó la mano para agarrar el dispositivo, que le indicó que la puerta de cristal que daba a la terraza del jardín no estaba cerrada con llave. El sensor de calor había detectado a una persona ocupando un asiento en la terraza.

Loukas se levantó sigilosamente y vio que la cama contigua a la suya estaba vacía. Una rápida mirada al reloj le indicó que pasaban de las tres de la madrugada.

¿Alesha? Sí, tenía que ser ella.

Se puso unos vaqueros y una camiseta, salió de la habitación y bajó las escaleras. La sutil iluminación del jardín proporcionaba la luz suficiente para permitirle ver que Alesha estaba sentada en uno de los cuatro sillones de caña alrededor de una mesa de cristal.

Intencionadamente, Loukas hizo ruido al moverse y ella, al oírle, volvió la cabeza al tiempo que se secaba las mejillas.

¿Estaba llorando?

Loukas se sentó a su lado.

–¿No podías dormir? –preguntó en tono suave, y la vio sacudir la cabeza.

–Perdona por haberte despertado.

–No has sido tú, sino el sensor de seguridad – le explicó él–. Pita cuando se abre una puerta al exterior.

–Se está muy bien aquí, es muy tranquilo – comentó ella, consciente del tono cansado de su voz–. Vuelve a la cama. Estoy bien.

No, no estaba bien.

–Por favor.

–No voy a irme –contestó Loukas–. Alesha, quiero que me digas si tu exmarido te violó.

Aquellas palabras la golpearon con fuerza y le llevó unos segundos recuperar la compostura.

–La violación evoca una imagen de violencia.

Loukas le tomó la mano y entrelazó los dedos con los de ella.

–El sexo entre adultos debe ser voluntario por ambas partes, no puede ser una exigencia o un castigo.

Alesha se alegró de que fuera de noche, la oscuridad le ofrecía un refugio. La proximidad de él la hizo sentirse segura. Y Loukas se merecía una explicación.

–Seth representó su papel muy bien –comenzó a decir ella con voz queda–. Me engañó, aunque no engañó a mi padre, que se opuso a mi matrimonio con él desde el principio. Empezó nada más casarnos. Al principio, fueron insultos. Seth me reprochaba que no exigiera un salario mayor y otro tipo de privilegios. Como yo seguí negándome, él se volvió… violento.

Loukas enmascaró la furia que aquellas palabras le produjeron.

–Te pegaba, ¿no?

–Sí.

–¿Y algo más?

–Sí, algo más –admitió ella, y le oyó maldecir en un susurro.

Le encolerizó que un hombre le hiciera daño, tanto física como emocionalmente. Pero sabía que, si mostraba su ira, Alesha se retraería. Necesitaba ganarse la confianza de ella para poder avanzar en su relación.

Entretanto, no le resultaría difícil averiguar la fecha de la primera boda de ella y si había sido ingresada alguna vez en el hospital a causa de malos tratos.

Era muy importante para él descubrir qué le había ocurrido a Alesha durante su breve matrimonio, pero sabía que no podía presionarla para que se lo contara. Tenía que saberlo con el fin de poder resolver el problema de la intimidad sexual con ella.

–Si no te importa, preferiría dejar esta conversación para otro momento –dijo Alesha con voz débil.

Y tras esas palabras, ambos se pusieron en pie y se dirigieron a la habitación.

De todos los eventos sociales a los que Alesha había asistido en el pasado, la fiesta de recaudación de fondos de aquella noche era la más importante, la que más significación tenía para ella. Se trataba de recaudar fondos para niños que habían sufrido maltrato en manos de adultos que decían quererles.

Alesha eligió un vestido largo de color negro que enfatizaba sus delicadas curvas y ensalzaba la delicada textura de su piel. Como adornos, se inclinó por una sencilla cadena de oro y unos pendientes y una pulsera haciendo juego. Y, por supuesto, los zapatos de tacón alto, negros en esta ocasión.

Un mínimo de maquillaje, con énfasis en los ojos, y el pelo suelto.

El acto social atrajo a un buen número de invitados, y ella permaneció al lado de Loukas bebiendo champán y sumamente consciente de su proximidad.

Loukas proyectaba la imagen del hombre que era: sofisticado, urbano, sumamente inteligente y de éxito. Era un hombre a gusto consigo mismo, con los modales de un hombre que no tenía nada que demostrar.

Y le pertenecía a ella.

No en el auténtico sentido de la palabra... todavía. Pero había adoptado su apellido, llevaba el anillo que él le había dado y... Loukas le gustaba.

«Admítelo, le encuentras atractivo. Sensual, increíblemente sensual». Y una parte de ella anhelaba la intimidad que, instintivamente, había rechazado.

–¿Qué estás pensando?

Alesha alzó el rostro y le regaló una traviesa sonrisa.

–No te lo diría por nada del mundo.

Loukas sonrió y le subió la mano por la espalda en una caricia que la hizo temblar de placer. Y le costó un gran esfuerzo no apartar la mirada.

¿Qué le ocurría? Casi estaba coqueteando con él... de verdad. Lo que no era una gran idea, dada la fragilidad de su relación.

Sin embargo, era divertido. Pero... ¿no era peligroso? Si jugaba con fuego podía quemarse.

Su mesa estaba bien situada, la compañía era estimulante y la comida deliciosa.

Los discursos acerca de los niños maltratados le llegaron al corazón y los ojos se le nublaron... porque podía imaginar mucho más de lo que las palabras implicaban. En un determinado momento, sus manos se cerraron en puños y se hundió las uñas esmaltadas en las palmas. Era injusto que alguien se viera sometido a semejante maltrato y menos un niño.

Casi como si hubiera sentido su tormento, Loukas le cubrió una mano con la suya. La silenciosa presencia de él la reconfortó y le dedicó una tímida sonrisa, contenta de que estuviera allí aquella noche con ella.

El entretenimiento de aquella noche contó con un pase de modelos seguido de una subasta de las prendas exhibidas, gran parte de la recaudación iría destinada a la obra benéfica.

El director de la subasta animó a los invitados a pujar al máximo. Uno de los vestidos atrajo el interés de ella. Se trataba de un vestido de noche de color rojo con tirantes muy finos, un precioso cuerpo y una suave falda a capas.

Loukas empezó a pujar y la cifra continuó ascendiendo hasta llegar a una exorbitante cantidad de dinero que forzó la retirada del último de los participantes que pujaban contra Loukas.

Alesha se inclinó hacia él y le dijo en tono bajo pero escandalizado:

—¿Te has vuelto loco?

—Es por una buena causa —respondió Loukas con burlona indolencia antes de acariciarle la sien con los labios—. Y el vestido es perfecto para ti.

Durante unos instantes, mientras los ojos de Loukas se clavaban en los suyos, el resto del mundo dejó de existir y algo muy dulce le corrió por el cuerpo.

Loukas sonrió, casi como si lo supiera.

–Gracias –impulsivamente, Alesha fue a besarle en la mejilla. Esa había sido su intención, pero Loukas volvió el rostro y sus bocas se encontraron. Un leve beso se convirtió en otra cosa cuando él la saboreó brevemente antes de apartar el rostro.

Las mejillas de Alesha enrojecieron...

–Querida Alesha –la voz de una mujer la devolvió al presente–. ¡Qué alegría verte tan felizmente casada!

Alesha se recuperó rápidamente, esbozó una sonrisa y se volvió hacia la mujer que se había acercado a felicitarle; al instante, el corazón se le encogió.

Nicolette de Silva era conocida por su falta de tacto. Incluso sus más allegados admitían que no pensaba antes de hablar.

–Su breve relación con ese hombre horrible fue un desastre –le confió Nicolette a Loukas–. Pero, por supuesto, tú debes saberlo.

–Naturalmente –respondió Loukas.

–Corrieron muchos rumores, algunos de ellos escandalosos –Nicolette ofreció una conciliatoria sonrisa–. Según tengo entendido, Seth Armitage quería vender su versión de lo ocurrido a los periódicos, pero al final no pasó nada. ¿No es verdad, Alesha?

Alesha apretó los puños debajo del mantel de la mesa, y se puso tensa cuando Loukas volvió a cubrirle una mano con la suya.

Se sintió reconfortada y aún más consciente de la presencia de él mientras se decía a sí misma que no le importaban los cotilleos.

–No hay motivo para sacar a relucir el pasado, ¿no te parece? –logró decir Alesha.

Momentáneamente, Nicolette pareció arrepentida.

–Oh, lo siento. No era mi intención disgustarte.

Lo extraño era que Nicolette hablaba con sinceridad.

–Acepto la disculpa.

–Que disfrutéis el resto de la fiesta.

–Lo haremos.

–El rojo te sentará de maravilla.

–Gracias –los buenos modales adquiridos durante su infancia le permitieron entablar una conversación normal con una de las mujeres sentadas a la mesa–. Es un vestido precioso.

–Casi todo el mundo ha pujado por él. La fiesta ha sido un éxito, se ha recaudado un montón de dinero.

–Sí, cierto.

–Por cierto, siento mucho lo de tu padre. Era un hombre maravilloso.

Le resultó fácil mostrarse de acuerdo con el comentario, y Alesha se volvió para ofrecerle a Loukas una dulce sonrisa.

–¿Café, querido? Los camareros están por aquí.

Era una mujer excepcional, pensó Loukas. Era valiente y, al tiempo, sumamente vulnerable.

Era casi medianoche cuando la velada llegó a su fin y los invitados comenzaron a salir al vestíbulo. Hubo intercambio de besos, invitaciones a fiestas particulares y la necesidad de consultar con las agendas personales para comprobar fechas.

El conserje organizó la devolución de los coches con precisión militar y Alesha sintió un gran alivio cuando el Aston Martin apareció delante de la puerta del hotel.

La casa que compartía con Loukas se le antojó un refugio aquella noche. Y se sentiría aún mejor cuando se desnudara y se metiera en la cama.

Pero ya no tenía una habitación para ella sola…

Una parte de ella anhelaba perderse en las seductoras caricias de ese hombre. Quería que la abrazara y quería sentir el rastro de sus labios en todo el cuerpo. Deseaba experimentar la felicidad de la intimidad sexual sin el miedo a la crueldad.

Y no con cualquier hombre, sino con Loukas.

¿A qué estaba esperando?

¿Al amor?

No, el amor no existía. La clase de amor que duraba toda la vida… ese amor era una hermosa fantasía que nada tenía que ver con la realidad.

¿Cuándo se había vuelto tan cínica?

Ahogó una burlona carcajada al pensar en la fecha y la hora casi con exactitud.

El coche llegó a las magníficas puertas de la verja de la mansión de Loukas. Al cabo de unos minutos, Alesha estaba subiendo las escaleras con una extraña sensación de nerviosismo, una sensación que no logró vencer al entrar en la habitación.

Su inquietud aumentó con la presencia de Loukas, que se quitó la chaqueta y después la pajarita. A continuación, la camisa. Entretanto, ella se deshizo de los zapatos y las joyas…

¿Llegaría el momento en que ella confiara en él lo suficiente para seducirle, para acariciarle e incitarle hasta hacerle gemir de placer?

¿Llegaría el momento en que él la abrazara en mitad de la noche y ella le diera libertad absoluta para explorar su cuerpo?

Alesha respiró profundamente y soltó el aire despacio. «Por el amor de Dios, para ya», se ordenó a sí misma. «Quítate el vestido, agarra el pijama, vete al cuarto de baño, quítate el maquillaje, lávate los dientes y luego vete a la cama».

Lo hizo todo y, cuando volvió a entrar en la habitación, encontró a Loukas metido en la cama con los brazos cruzados y la cabeza apoyada en ellos.

–Buenas noches –dijo ella con voz ahogada al meterse en la cama, y Loukas apagó la luz.

–Que duermas bien.

Como si eso fuera posible.

Quizá, si se quedara tumbada muy quieta y pensara en cosas agradables lograría dormirse.

Pero nada parecía ayudarle a conciliar el sueño...

Después de que ocurriera, Alesha no logró recordar el momento preciso en el que su subconsciente revivió la repetida pesadilla. Sólo sabía que estaba tratando de escapar, llorando mientras se cubría el rostro para protegerse de los golpes, intentando zafarse de las manos que la sujetaban...

Entonces se despertó y se encontró en una habitación completamente iluminada, una habitación diferente a la de la pesadilla, y el hombre que se inclinaba sobre ella no era Seth.

Le llevó unos terribles momentos liberarse de las horrorosas imágenes y apenas fue consciente de la preocupación del hombre que estaba a su lado.

Loukas le puso una mano en el rostro y le rodeó la cintura con el otro brazo.

Alesha se fue calmando y sintiéndose mejor. Respiró el aroma de él con rastros de jabón y colonia. No quería moverse, y alzó los brazos para rodearle el cuello con ellos.

Loukas paseó los labios por las mejillas de ella, por su oído, por la garganta... y la sintió contener la respiración.

Él le puso una mano en la cintura y, con cuidado, la deslizó por debajo de la camisa del pijama para acariciarle la piel desnuda antes de cubrirle los pechos y acariciar los tiernos pezones, que inmediatamente se irguieron.

Con suavidad, la besó en la boca, saboreando, explorando, incitándola a responderle. El cuerpo de ella se sacudió cuando él le lamió el labio inferior, y se movió inquieta, buscando más, mucho más.

Cuidadosamente, Loukas la despojó de la chaqueta del pijama sin que ella ofreciera resistencia.

–Hermosos –dijo Loukas quedamente mientras le cubría los pechos y acariciaba su suavidad antes de bajar la cabeza para lamerle los pezones.

Alesha arqueó el cuerpo hacia él y gritó de placer cuando Loukas le mordisqueó un pezón.

Sintió satisfacción cuando inició la exploración del cuerpo de Loukas. Le acarició los anchos hombros, los músculos de los brazos, las costillas, el pecho… y después de juguetear con los pequeños pezones, deslizó las manos hasta la cintura.

Loukas contuvo la respiración cuando ella le cubrió uno de los pezones con los labios, deteniéndose momentáneamente antes de seguir besándole el cuerpo hasta el ombligo. Suspirando, la estrechó en los brazos y la llevó a su cama; allí, la tumbó y se apoderó de su boca.

Se besaron con ardor, y Alesha se perdió en la magia de ese hombre.

El tiempo y el espacio dejaron de existir, su mundo se limitaba a ese hombre. Y Alesha lanzó un gemido de protesta cuando, suavemente, Loukas se apartó de ella.

–Tú mandas.

Capítulo 7

LOUKAS podía hacerlo, podía parar si ella se lo pedía? –

Por favor –susurró ella.

Los ojos de Loukas eran como dos pozos negros y Alesha se perdió en sus profundidades mientras él le acariciaba el labio inferior con la yema de un dedo.

–¿Sabes lo que estás diciendo?

Lo sabía.

–Sí.

Y para demostrárselo, buscó la boca de Loukas con la suya y le permitió besarla de una forma que la hizo olvidarse de todo menos de él y del deseo que sentía y que exigía satisfacción.

Suavemente, Loukas le quitó los pantalones del pijama. Quería ir despacio, incrementar la tensión y, poco a poco, encender su pasión.

Se convirtió en un viaje de descubrimiento y, por fin, llegó el momento en el que Loukas se colocó entre las piernas de Alesha y la llenó.

Al principio no se movió, como si hubiera sentido que ella necesitaba un momento para asimilar su posesión, y los ojos de Alesha se agrandaron cuando él comenzó a salirse, pero sólo para incrementar el ritmo cuando los músculos vaginales de ella se acoplaron a él.

Alesha se sintió viva, extraordinariamente consciente de las terminaciones nerviosas de su cuerpo. Así era como debía ser.

No era sólo sexo, era mucho más.

Cuerpo, mente y espíritu convertidos en uno destinado a proporcionar una magia sensual.

Era algo eléctrico, primitivo, exquisito.

Quería darle las gracias, pero no sabía cómo expresarse.

Levantó una temblorosa mano y se la puso en la mejilla; después, le acarició la boca con la suya.

Alesha esperaba que él se saliera de su cuerpo, y jadeó cuando Loukas la estrechó contra sí y, tumbándose boca arriba, tiró de ella hasta tumbarla encima de su cuerpo.

Loukas sonrió mientras la hacía sentarse a horcajadas sobre él, notando el sonrojo de sus mejillas y el brillo aún apasionado de sus ojos castaños, los labios ligeramente hinchados y el cabello revuelto enmarcándole el rostro.

Le puso las manos en la cintura y con los pulgares le acarició el vientre, y la sintió temblar de placer.

¿Eso era lo que ocurría normalmente después del sexo?, se preguntó Alesha sintiéndole hincharse dentro de su cuerpo. Y una nueva oleada de sensaciones y emociones se apoderó de ella.

Loukas le sostuvo la mirada y comenzó a moverse, llevándola consigo en aquel nuevo viaje hasta hacerla vibrar de placer.

Fue casi más de lo que Alesha podía soportar, y Loukas abrazó su tembloroso cuerpo y la besó en la sien.

Loukas le murmuró palabras que ella no llegó a comprender mientras le colocaba la cabeza sobre su hombro, y allí se quedó porque estaba demasiado agotada para moverse.

De repente, sintió un cálido cuerpo al lado del suyo y las caricias de unos dedos en la cintura.

Abrió los ojos súbitamente y, durante un agonizante momento, su cuerpo se puso tenso. Entonces, reconoció la cama, la habitación y al hombre que la tenía abrazada.

Se quedó muy quieta, la noche aún fresca en su memoria. Y se tragó el nudo que se le había formado en la garganta.

—Mírame —le ordenó Loukas con dulzura.

Y cuando ella lo hizo, Loukas le sujetó la barbilla para impedirle que volviera el rostro.

La boca de ella tembló cuando Loukas le pasó la yema de un dedo por los labios.

—¿Qué quieres de mí?

—Lo que quieras darme —contestó él.

No era la respuesta que había esperado.

–Anoche...

–Fue hermoso –concluyó él, y vio el rubor de sus mejillas.

Él se había centrado en ella, en su placer y en su orgasmo. ¿Cómo reaccionaría Loukas si le decía que había sido el primero?

Un súbito pensamiento le hizo agrandar los ojos. «Dios mío, no es posible que lo sepa ¿o sí?» El éxtasis la había cejado, la había sacado de sí. ¿Había gritado?

¿Debía darle las gracias?

¿Qué se hacía en ese tipo de situaciones?

Loukas le acarició el vientre, el vientre desnudo. La caricia la hizo ser consciente de que no llevaba nada y se apartó cuando él le acarició las costillas... y detuvo la mano al encontrarse con un bulto duro en una de ellas, seguido de otro bulto.

Alesha lanzó un gemido cuando Loukas descubrió la cicatriz debajo de uno de sus pechos, el legado de un cruel mordisco.

–No, por favor... –pero era demasiado tarde para evitar que Loukas apartara la ropa de la cama.

–¿Te hizo él esto? –preguntó Loukas con una voz peligrosamente suave–. ¿Hay más?

Sí, más. Costillas rotas y ya curadas.

–Suéltame –dijo ella.

¿Y permitirle que se refugiase en sí misma?

–No.

La única persona a quien se lo había dicho era su padre cuando, desde la cama del hospital, ella llamó a un abogado para que preparara los papeles del divorcio. Y habían tenido que pagar a Seth para que se alejara de su vida.

–¿Quieres que admita que fui una imbécil y que debería haber escuchado las advertencias de mi padre? –dijo ella con enfado–. ¿Quieres que admita que debería haberme dado cuenta antes de casarme de que a él sólo le interesaba por mi dinero, que a mí no me quería en absoluto?

Loukas la estrechó en sus brazos.

–Por favor –Alesha no podía permanecer abrazada a él, desnuda y vulnerable.

–Quédate como estás –dijo él con voz suave.

¿Y sus sentimientos? Loukas había despertado en ella algo que creía que no existía, algo que la hacía pensar en lo imposible.

Y eso no podía permitirlo.

No podía arriesgarse a que volvieran a destrozarle el corazón.

Sin embargo, la sensación que le producía estar tan cerca de él era maravillosa. La calidez de Loukas la rodeaba, sus brazos le ofrecían un paraíso de protección. Además, era domingo y no había necesidad de levantarse pronto para ir a trabajar.

Alesha pasó la mañana en su antigua casa. Recogió el correo e hizo algunas llamadas telefónicas; una de ellas a la señora de la limpieza para pedirle que siguiera yendo a limpiar el piso, la otra a Lacey.

El día era fresco y gris con amenaza de lluvia, por lo que se había vestido con unos vaqueros, una camiseta, una chaqueta de punto y unas botas.

Por suerte, encontró un lugar donde aparcar no muy lejos de donde había quedado con Lacey. Y después de saludarse con un abrazo, se metieron en una cafetería y pidieron dos cafés.

–Bueno, cuenta –dijo Lacey–. ¿Te sientes feliz?

–¿Feliz? Es un poco pronto.

–Sí, supongo que tienes razón. Pero dime, ¿cómo te va?

–¿Por qué no hablamos de ti para variar? – dijo Alesha, tratando de darle un giro a la conversación.

–Demasiado aburrido.

–Vamos, cuenta. ¿Qué tal la vida, John, el trabajo?

–John quiere el anillo, una casa en las afueras, niños.

–¿Y tú no?

–Lo conozco de toda la vida. Nos llevamos bien, pero quiero algo más que… confort. El calor del hogar, el cariño y la camaradería están muy bien, pero para cuando se es más mayor. ¿Ahora?

–Añade algo excitante.

–Lo hice y no sabes la mirada que me gané. Me miró como si de repente me hubiera vuelto loca.

–Casi me da miedo preguntarte qué hiciste.

Lacey se inclinó hacia ella y le habló al oído, y unos minutos después Alesha no sabía si alzar los ojos al techo o echarse a reír.

–Desde luego no se puede decir que fueras muy sutil.

Después de los cafés se pasearon por varias tiendas, boutiques y puestos callejeros. Estaba anocheciendo cuando Alesha llegó a Point Piper, y el pulso se le aceleró al meter el coche en el garaje.

El Aston Martin negro de Loukas estaba allí. Alesha entró en la casa y fue directamente a la escalinata.

Necesitaba darse una ducha y cambiarse para cenar, y al entrar en la habitación se detuvo al sorprender a Loukas desnudándose.

Unos elásticos músculos se movían y flexionaban, una musculatura perfecta que indicaba una extraordinaria salud física.

Loukas volvió la cabeza y, clavándole los ojos, sonrió.

–¿Qué tal con Lacey?

–Estupendo –Alesha tragó saliva al verle bajarse la cremallera de los pantalones y quitárselos–. Hemos estado en Darling Harbour.

¿Qué demonios estaba haciendo ahí quieta viendo cómo se desnudaba?

Una maliciosa voz interior le dijo: «porque es un hombre que se merece que le miren».

Alesha se puso en movimiento, enfadada consigo misma, y se quitó las botas, el cinturón y la chaqueta de lana.

Oyó el débil ruido de una máquina de afeitar y se tranquilizó un poco. Si se daba prisa, le daría tiempo a quitarse los vaqueros y la camiseta y a meterse en su cuarto de baño antes de que Loukas acabara de afeitarse.

Al cabo de unos minutos, Alesha estaba en la ducha enjabonándose. No tardó en terminar y en vestirse y, rápidamente, bajó a cenar.

Después de la cena, Alesha se disculpó con el pretexto de tener que trabajar un rato.

Loukas la dejó marchar, observándola detenidamente mientras salía del comedor. Alesha estaba nerviosa, luchando contra sí misma y contra él.

Reprimió el deseo de seguirla y, después de volver a llenarse la taza de café, se fue a su despacho para participar en una videoconferencia con los de la oficina de Atenas.

Era tarde cuando Alesha apagó su ordenador portátil y fue a la habitación. Y la encontró vacía.

Después de completar la rutina de todas las noches y de ponerse el pijama, se quedó de pie a los pies de las camas, dudando entre acostarse en la suya o en la de Loukas.

Una parte de sí buscaba el abrazo de Loukas, su cuerpo y el placer que podía darle.

–La tuya o la mía –dijo Loukas desde el umbral de la puerta, sorprendiéndola–. Pero los dos en la misma.

Alesha se volvió y le miró a los ojos.

–¿Y si no quiero?

–Vamos a dormir juntos –dijo él–. Sólo a dormir, si eso es lo que quieres.

Loukas se sacó la camisa de debajo de los pantalones, se la desabrochó, se bajó la cremallera de los pantalones, se los quitó y se metió en su baño.

Alesha se acostó en su propia cama, cerró los ojos y fingió estar dormida; se puso tensa cuando sintió a Loukas acostarse a su lado.

–Que duermas bien, querida.

La voz de él había sonado burlona y Alesha se contuvo para no contestar apropiadamente.

En cuestión de minutos, la respiración de él se tornó profunda y regular; y, en silencio, Alesha le maldijo por la facilidad que tenía para dormirse.

Alesha se despertó al amanecer con sensación de calidez y seguridad... y consciente del duro cuerpo de hombre a su lado. Estaba en los brazos de Loukas.

¿Cómo iba a separarse de él sin despertarle?

Pero la sensación era agradable.

¿Agradable? ¿Sólo agradable? No, era maravillosa. Una parte de ella quería seguir donde estaba, acurrucada contra él.

A salvo, segura.

Quería estar donde estaba.

Quería tocarle, despertarle. Quería verle sonreír y ver el brillo apasionado de sus ojos oscuros. Y quería tener la boca de Loukas en la suya en la antesala del sexo.

¿Qué le estaba pasando?

Una cosa era estar en los brazos de Loukas y otra muy diferente era el sexo. Y no estaba preparada completamente para eso último, todavía no. Pero, de momento, mientras él dormía, se permitiría saborear el lujo de permitir imaginar mentalmente todas las posibilidades...

—Casi puedo oírte pensar.

¿No estaba dormido?

—En ese caso, sabrás que quiero salir de esta cama.

Le oyó reír suavemente.

—¿No puedo convencerte de que te quedes?

—No.

—Es una pena.

Loukas la soltó y se tumbó boca arriba mientras ella se levantaba de la cama.

Era una pena que a una mujer joven y hermosa le costara tanto perder sus inhibiciones, pensó Loukas. Deseó poder destrozar físicamente al hombre que la había maltratado de esa manera. Sin embargo, había otros modos de venganza, y él contaba con los medios para conseguirlo.

Lo único que necesitaba hacer era iniciar el proceso.

Capítulo 8

EL tráfico de aquella ciudad en la hora punta era horrible, y Alesha se maldijo por haberse negado antes aquella mañana a que Loukas la hubiera llevado a la oficina.

Había empezado el día con mal pie y así continuó: su portátil se negó a funcionar, su secretaria no fue a trabajar porque estaba enferma y casi todo lo que podía fallar falló.

Como colofón a un día desastroso, se le pinchó una rueda del coche durante el trayecto de vuelta a casa y, para colmo, se encontró con que la rueda de repuesto no tenía aire. Llamó a un servicio automovilístico para que una grúa se llevara el coche a un garaje y desde allí pidió un taxi para ir a su casa.

Loukas llegó justo cuando ella estaba pagando al taxista.

—No me hagas preguntas —le advirtió Alesha cuando Loukas se le acercó—. Prefiero no hablar de ello.

Loukas notó la palidez de su rostro y, con ternura, le agarró la barbilla y se la alzó ligeramente.

–No has tenido un accidente, ¿verdad?

–No.

Inmediatamente, Alesha le contó lo del pinchazo.

–Deberías haberme llamado.

Lo cierto es que a ella ni se le había pasado por la cabeza.

–¿Para qué? No era necesario.

–La próxima vez, llámame –dijo Loukas acariciándole el labio inferior.

¿Había estado preocupado por ella?

–Quizá.

–Hazlo, Alesha.

¿Le importaba realmente su seguridad? Ningún otro hombre, a excepción de su padre, se había preocupado por ella.

–Está bien, lo haré. Te lo prometo.

La proximidad de Loukas la perturbaba y, rodeándole, entró en la casa y corrió al piso superior.

Después de quitarse la ropa, entró en su baño, se soltó el pelo, se quitó la ropa interior y se metió en la ducha.

Un paraíso, pensó Alesha mientras dejaba que el agua le bajara por el cuerpo. Agarró el champú, se lavó la cabeza, se la aclaró y se aplicó suavizante para el cabello. Después, alargó el brazo para tomar la pastilla de jabón y se quedó paralizada cuando la puerta de cristal se abrió y Loukas se reunió con ella.

Gloriosamente desnudo, su figura imponente en los limitados confines de la ducha.

Instintivamente, Alesha trató de cubrirse el cuerpo con las manos.

—¿A qué tanta modestia, querida? —preguntó Loukas con humor mientras agarraba el jabón y comenzaba a pasárselo por el brazo.

—¿Por qué estás haciendo esto? —preguntó ella con voz ahogada.

—¿Por esto te refieres a ducharme contigo?

Loukas la hizo volverse y le enjabonó la espalda con largas caricias. Luego, bajó por las nalgas y los muslos hasta las rodillas para subir después y enjabonarle los hombros. Cuando acabó, le agarró los hombros y la obligó a volverse de cara a él.

—No, por favor...

Pero Loukas ignoró su ruego y comenzó a pasarle el jabón por los pechos, examinando su redondez; después, atendió a su vientre y bajó a la entrepierna.

El roce de los dedos de él la hizo arquear el cuerpo; pero pronto se recuperó y, cerrando las manos en puños, apuntó al pecho de Loukas.

Sin embargo, él esquivó el golpe.

Durante unos segundos, sus ojos se encontraron y Alesha jadeó cuando Loukas, agarrándole uno de los puños, se lo llevó a la boca y lo chupó.

Los ojos de él estaban oscurecidos por el deseo, y Alesha lanzó un quedó grito de sorpresa cuando Loukas le agarró los hombros y comenzó a masajeárselos.

La sensación fue maravillosa y Alesha suspiró de placer mientras él le daba un masaje en la espalda, en la nuca, hasta en la cabeza.

Por fin, Alesha se volvió de cara a su marido y se pasó las manos por la cara para quitarse el exceso de agua.

–¿Mejor?

–Mucho mejor –admitió ella–. Gracias.

El estrés del día había disminuido al igual que la tensión de sus músculos. No obstante, aún sentía la necesidad de escapar de la ducha y del hombre que tanto la alteraba.

Un hombre desnudo que con una sola mirada despertaba su deseo.

¿Lo sabía Loukas?

Esperaba que no fuera así. Después de Seth, había jurado no permitir jamás que un hombre se acercara emocionalmente a ella.

Durante unos instantes, se preguntó qué sería sentirse lo suficientemente segura para iniciar el sexo y permitirse gozar sin inhibiciones.

Eso debería ser liberador emocionalmente.

Loukas deseaba tomarla en sus brazos y poseerla. Y podía hacerlo con facilidad, pero quería algo más que la simple aceptación de ella.

Necesitaba ganarse la confianza de Alesha, completamente y sin reservas. Y eso requería tiempo, paciencia y mimo.

–Debería salir de la ducha –dijo ella con voz ronca.

Loukas esbozó una débil sonrisa.

–Podrías quedarte y devolverme el favor.

¿Y pasarle jabón por todo el cuerpo?

–Es muy fácil –la animó Loukas. Y poniéndole el jabón en la mano, se la cubrió con la suya.

Los ojos de ella brillaron cuando Loukas se llevó el jabón al pecho y comenzó a pasárselo con movimientos circulares por la garganta, los brazos, el pecho y la cintura.

¿Fácil? ¿Cómo podía ser fácil esa clase de intimidad siendo algo desconocido para ella?

Sobre todo tratándose de un hombre como Loukas, que día a día y noche a noche hacía que su relación fuera más íntima.

Y lo peor era que ella cada vez se sentía más ambivalente con la situación; por una parte, anhelaba la ternura de Loukas y la promesa de algo más; por otra parte, se negaba a aceptarlo.

Los nervios se le agarraron al estómago al recordar la crueldad de Seth, tanto verbal como física.

«Ni se te ocurra pensar en Seth. No puedes comparar en modo alguno a Seth con Loukas».

«Concéntrate en el aquí y ahora. Vamos, puedes hacerlo».

Poco a poco fue calmándose y acabó experimentando un gran placer mientras lavaba el cuerpo de aquel hombre.

Pero no era cualquier hombre, era Loukas.

Cuando Alesha acabó de lavarle la espalda, él se volvió y, con sorpresa, vio que Loukas estaba completamente excitado.

Sonrojada, Alesha dijo:

–Creo que puedes encargarte del resto tú solo.

Y tras esas palabras, Alesha abrió la puerta de la ducha, salió, se envolvió en una toalla y se cubrió la cabeza con otra.

Alesha estaba vestida cuando él salió del cuarto de baño con sólo una toalla atada a la cintura. El pulso se le aceleró cuando Loukas se quitó la toalla y se puso unos calzoncillos.

–Voy a ir a ver qué vamos a cenar.

Disfrutaron de una cena agradable, bebieron vino y conversaron con facilidad. Loukas era un buen narrador y ella comenzó a relajarse… hasta que Loukas mencionó la necesidad de ir a Atenas durante un corto periodo de tiempo.

–Negocios –dijo él.

–¿Cuánto tiempo vas a pasar fuera?

–Vamos –le corrigió Loukas.

Alesha abrió la boca con expresión de incredulidad.

–¿Quieres que vaya contigo?

–Es una oportunidad para ver a mi familia.

Alesha había conocido a los padres y a la hermana menor de Loukas durante una visita que hizo con sus padres a Grecia. Habían transcurrido los años y no se habían vuelto a ver. Pero ahora era la esposa de Loukas y su socia en la empresa, y estaba segura de que los padres de él conocían las circunstancias en las que había tenido lugar su matrimonio.

¿Cómo podía negarse a acompañarle?

—Tomaremos el avión mañana por la tarde.

¿Tan pronto?

Atenas. Las temperaturas serían similares, otoño en un país y primavera en el otro.

—Bueno, voy a recoger la mesa y a meter los cacharros en el fregaplatos.

Loukas la siguió y puso la cafetera. Cuando el café estuvo preparado, sirvió dos tazas. Después, apoyó una cadera en el mostrador de la cocina y la miró detenidamente.

—Nos quedaremos en mi casa, en Kifissia; después iremos a pasar unos días a la isla. No lleves mucha ropa; sin duda, mi madre y mi hermana querrán ir de compras contigo —Loukas se incorporó y señaló el café—. Me voy al estudio, aún tengo que trabajar unas horas.

Un avión Lear alquilado les esperaba en el aeropuerto de Sidney y, una vez emprendieron el vuelo, Loukas abrió su ordenador portátil y se puso a trabajar. Ella hizo lo mismo.

Durante el vuelo, los dos pasaron gran parte del tiempo trabajando en sus respectivos ordenadores, comieron, durmieron y, de vez en cuando, se tomaron un descanso.

Aterrizaron en Atenas a primeras horas de la tarde de un día resplandeciente. El chófer de Loukas, Cristos, les esperaba a la salida de la aduana y, en una limusina, les llevó al barrio de Kifissia, un barrio lujoso de casas extraordinarias, árboles y hermosos jardines.

Alesha agrandó los ojos cuando la limusina atravesó las puertas de una verja y se detuvo delante de una mansión palaciega de dos pisos.

–Mi casa principal –le informó Loukas cuando se encontraron en el vestíbulo de mármol donde el ama de llaves, Hera, les saludó. Cristos les siguió con el equipaje.

–Es preciosa –dijo ella.

Y muy elegante, pensó Alesha mientras Loukas la conducía por unas escaleras hasta su habitación. Exquisitos adornos, mobiliario sólido, impresionantes espejos y cuadros en las paredes.

La espaciosa habitación tenía sólo una cama, aunque enorme, dos vestuarios y dos cuartos de baño.

Alesha abrió su bolsa y de ella sacó ropa interior, pantalones de corte sastre y un suéter; después, entró en el baño que Loukas le había indicado que era el suyo, se recogió el cabello en un moño y, cuando salió del baño diez minutos después, encontró a Loukas poniéndose una camisa de algodón.

Las sandalias de tacón le daban altura e incrementaban la confianza en sí misma, se dijo a sí misma en silencio mientras se calzaba.

Hera había preparado musaka, ensalada griega y fruta. Alesha rechazó el café y se inclinó por tomar un té, luchando contra el cansancio que se estaba apoderando de ella, envidiando la aparente vitalidad de Loukas.

¿Cómo lo hacía?

—¿Por qué no te acuestas? Aún tengo que hacer unas llamadas antes de irme a la cama.

—Está bien. Buenas noches.

—Que duermas bien.

Y así fue, se quedó dormida tan pronto como apoyó la cabeza en la almohada.

Alesha, sumida en un sueño, murmuró algo ininteligible; el murmullo se tornó en un gemido de placer cuando unos labios le acariciaron el cuello y el hombro.

El placer se intensificó cuando unas manos le cubrieron los senos, haciendo que los pezones se le endurecieran instantáneamente.

Cambió de postura ligeramente, arqueando el cuerpo sin ser consciente de ello cuando una mano comenzó a acariciarle el vientre.

De su garganta escapó un ronco gemido cuando una boca se cerró sobre uno de sus pechos y lo chupó suavemente. Volvió a gemir, un ruego que exigía más… Y lanzó un quedo grito de satisfacción cuando unos dedos se deslizaron por su entrepierna y encontraron su pulsante clítoris.

Si eso era un sueño, no quería que acabara, el placer era tan intenso, que casi trascendía a la realidad.

No supo exactamente el momento preciso en el que cobró consciencia y se abrazó a él.

—Por fin te despiertas, cariño —murmuró Loukas con una ronca carcajada.

Alesha le puso las manos en el rostro, con la boca buscó la suya y le besó con una ternura que le afectó más de lo que nunca hubiera creído posible.

Despertó en él un deseo primitivo que trató de controlar mientras la penetraba con un empellón, absorbiendo el grito de sorpresa de Alesha mientras los músculos vaginales se cernían sobre su miembro.

Loukas se quedó quieto durante unos segundos, suavizando las caricias de su lengua y transformándolas en erótica súplica; después, comenzó a moverse. Al principio, despacio; pero cuando el apremio de ella igualó el suyo, una devoradora pasión les consumió.

Alesha lanzó un grito primitivo aferrándose a él, casi con miedo a romperse en mil pedazos.

No podía describir con palabras cómo se sentía cuando pegó la boca al hombro de él. Apenas notó las caricias de Loukas en su espalda y nuca mientras se sumía en un estado de total relajación. Agotada emocionalmente, cerró los ojos y se durmió.

Loukas se levantó de la cama al amanecer. Se duchó, se afeitó y, una vez vestido con un traje, se acercó a la cama y contempló el rostro dormido de su esposa.

Sintió una súbita excitación; pero, desgraciadamente, no tenía tiempo. Cristos le estaba esperando en la limusina para llevarle a la ciudad; una vez allí, vería a su padre, llamaría a su madre e intentaría frenar las actividades sociales que, sin duda, Angelina tenía planeadas.

Empezando con la cena familiar en casa de sus padres esa noche.

¿Se acordaría Alesha? Se lo había dicho después de hacer el amor y no estaba seguro de que se hubiera enterado. Mejor decirle a Hera que se lo recordara. Llamaría por teléfono en algún momento libre y diría a Cristos que acompañara a Alesha adonde quisiera ir.

Alesha se despertó tarde, descubrió que estaba sola y lanzó una exclamación al ver la hora.

¿Las nueve? Y... ¿dónde estaba Loukas?

Entonces se acordó. Inmediatamente, se levantó de la cama, se dio una ducha, se vistió de manera informal y bajó a la cocina.

Hera le dio el mensaje de Loukas, le preparó

un café, y le ofreció cruasanes, higos frescos, yogur y pan de pasas con miel.

Alesha optó por los hijos y el yogur. Después de desayunar, salió a dar un paseo por el jardín.

La mansión de Loukas se asentaba en la ladera de una colina y ofrecía una extraordinaria vista panorámica de la ciudad y del puerto del Pireo.

Aquel era el lugar de nacimiento de sus padres, allí se habían criado y se habían casado antes de irse a vivir a Sidney. Aquella ciudad era intemporal, antigua.

Alesha reanudó el paseo y su teléfono móvil sonó cuando estaba al lado de la piscina, con sus mosaicos y estatuas de las que salían chorros de agua.

El sonido de la ronca voz de Loukas hizo que el pulso se le acelerara.

–Te llamo un momento para decirte que voy a estar ocupado todo el día y que no volveré a casa hasta eso de las siete –explicó Loukas–. Hemos quedado en casa de mis padres a las ocho.

–Estaré lista. ¿Tienes mucho trabajo?

–Sí, pero nada que no pueda resolver. Hasta esta noche.

Para la cena de aquella noche, Alesha eligió un vestido negro de corte clásico, tacones altos y maquillaje discreto con énfasis en los ojos. El pelo… ¿recogido o suelto?

–Suelto –declaró Loukas al entrar en el dormitorio quitándose la chaqueta y la corbata.

–¿En serio crees que mejor suelto?

Loukas se la acercó, tomó el rostro de ella en sus manos y la besó.

–Es una pena que ya estés arreglada. Podríamos habernos dado una ducha juntos.

–No hay tiempo suficiente.

Los ojos de él brillaron.

–Podría llamar para decir que vamos a retrasarnos.

–No –Alesha esbozó una traviesa sonrisa–. Además, prefiero ir despacio.

Constantine y Angelina vivían en una lujosa casa en el barrio de Voula, en la cima de Panorama. Cristos les dejó en la puerta a las ocho en punto y, tan pronto como la limusina se detuvo, los padres de Loukas salieron de la casa y les saludaron con afecto.

Lexi, la hermana menor de Loukas, se había transformado en una atractiva joven de veinte y pocos años; alta, morena e impecablemente vestida.

–Hola –Lexi abrazó a su hermano–. Me has dado el mejor regalo, una hermana.

Después, se separó de Loukas y se volvió hacia Alesha.

–Bienvenida.

–Gracias.

Lexi bajó la voz para añadir:

–La tía Daria está esperando en el cuarto de estar para saludaros formalmente.

La hermana de Constantine, recordó Alesha, una austera mujer soltera de lengua mordaz; se preguntó si no habría cambiado con el tiempo.

No, en absoluto, a juzgar por la severa expresión de la mujer.

–Bien, así que eres el peón que Dimitri ofreció para salvar su alma –declaró Daria sin preámbulos.

–No para salvar su alma –respondió Alesha, mirando a la mujer con la misma dureza–. El alma se la llevó consigo.

–He dicho lo que pienso y lo que pienso es la verdad.

–Una verdad de la que soy plenamente consciente –contestó Alesha con calma–. ¿O creía usted que no era así?

–Loukas es mi ahijado. Como el único varón Andreou de su generación, considero de vital importancia que se haya casado con una mujer que merezca llevar su apellido.

–Y yo considero que lo que es de vital importancia es que Loukas tenga la habilidad de compartir la dirección de Karsouli Corporation conmigo.

Lexi aplaudió.

–Bien dicho.

Constantine indicó unos cómodos sofás.

–Por favor, sentaos. Voy a abrir el champán.

–Yo prefiero ouzo.

Como era de esperar, pensó Alesha, a Daria le gustaba llevar la contraria.

Angelina había preparado la deliciosa cena a base de tapas de pescado y marisco seguidas de dulces de miel, pasteles de frutos secos y fruta fresca.

Fue en los postres cuando Daria hizo una declaración que no podía confundirse con una sugerencia:

–Loukas, le has negado a tu familia el placer de participar en tu boda. Se repetirá la ceremonia aquí, en Atenas –entonces, miró a Alesha–. Mañana iremos de compras.

–Una confirmación de vuestros votos matrimoniales –declaró Angelina con entusiasmo–. Sólo se necesitan los documentos que demuestren que el matrimonio ya ha tenido lugar. Daremos una fiesta con invitados; después, llevarás a Alesha a la isla a pasar unos días.

–Buena idea –Loukas la miró–. ¿Qué te parece, Alesha?

¡Como si pudiera negarse!

–Bien –entonces, inspirada, Alesha se volvió a Lexi–. Me encantaría que me ayudaras con los preparativos.

–Hecho –respondió Lexi con entusiasmo–. Lo que significa que yo también iré de compras.

–Será un placer para mí. Mi regalo de bodas –declaró Constantine–. Y ahora vamos al cuarto de estar, Angelina nos llevará el café allí.

Era casi medianoche cuando se marcharon. Alesha se recostó en el respaldo del asiento posterior de la limusina con Loukas a su lado y Cristos al volante. Durante el trayecto, Loukas le agarró una mano y se la llevó a los labios.

–Te las has arreglado muy bien.

–Tu tía es una fiera.

–Sin embargo, en el fondo, es una blanda.

–¿Lo dices en serio?

–Ahora eres un miembro de la familia Andreou y Daria tiene como misión en esta vida proteger a la familia. Acabarás dándote cuenta de lo generosa que es. Y es muy cariñosa con la gente en quien confía.

–Dime, ¿cuándo va a tener lugar esta «confirmación»?

–No sé exactamente, pero mi madre y Daria deben tener todo planeado, hasta el último detalle.

Alesha no lo dudó ni un momento.

Alesha no conseguía dormirse y suspiró cuando, en la cama, Loukas tiró de ella hacia sí y le acarició la sien con los labios.

–¿Quieres que te ayude a dormir?

–Depende de cómo –respondió ella con voz ronca y cansada.

–Te prometo que haré todo el trabajo.

–En ese caso, sí.

Capítulo 9

LAS palabras de Loukas, «que te diviertas», resonaron en su mente cuando Cristos la llevó a Voula, recogió a Angelina, Daria y Lexi, y las llevó a una de las mejores zonas de compras de la ciudad en la que ropa de diseño adornaba los escaparates de las boutiques.

Angelina y Daria hacían comentarios, la mayor parte negativos, mientras vestidos y más vestidos pasaban por sus manos.

–No te desesperes –le dijo Lexi a Alesha–. Las dos tienen un gusto exquisito.

Y ningún miramiento con el dinero, reconoció Alesha.

–Vamos a comer –dijo Daria–. Después, Cristos nos dará un paseo por la ciudad antes de que vuelvan a abrir las tiendas.

Después del almuerzo y un breve recorrido por la zona antigua de la ciudad, volvieron a las famosas tiendas, donde reconociendo el apellido Andreou las trataron con deferencia.

–Hoy miramos y comparamos. Si nos interesa algo en particular, lo reservamos durante veinticuatro horas. Mañana volvemos y decidimos –dijo Angelina.

Era ya tarde cuando Cristos salió de la casa de la familia Andreou en Voula y se dirigió hacia el norte, a Kifissia. Y lo único que Alesha había comprado era un bolso de diseño.

Alesha le dio las gracias a Cristos cuando llegaron a la casa de Loukas, saludó a Hera al entrar en el vestíbulo, subió las escaleras rápidamente y, en la habitación, se quitó los zapatos, se desnudó, se dio un baño de burbujas y, después de secarse, se envolvió en un albornoz.

Loukas entró en el dormitorio mientras ella se estaba recogiendo el cabello en un moño suelto.

–Hola –dijo ella.

La presencia de él le invadió los sentidos y la hizo temblar cuando la besó.

–¿Lo has pasado bien?

Alesha alzó los ojos al techo.

–¿Tienes idea de cómo hacen las compras las mujeres de tu familia?

–¿Tan terrible ha sido?

–No tiene gracia, así que no te rías.

–Ni se me ocurriría –Loukas le puso las manos en los hombros–. ¿Qué te duelen más los hombros o los pies?

–Las dos cosas.

Alesha casi gimió cuando el comenzó a masajearle los hombros con habilidad.

–Por cierto, tu madre me ha ofrecido el velo de novia de su boda.

–Tengo entendido que es exquisito.

–Yo creía que estas compras iban a ser algo sencillo.

–Para mí madre, mi tía y mi hermana ir de compras es un arte –le explicó Loukas con solemnidad.

–Mañana vamos a continuar donde lo hemos dejado hoy —Alesha volvió la cabeza para mirarle–. Supongo que sería imposible que me tomara el día libre y fuera contigo a la oficina, ¿verdad?

–Me descuartizarían si lo permitiera.

–¡Qué dices! ¿El poderoso Loukas Andreou sometido a las tres mujeres de su vida?

–Cuatro –le corrigió él con una sonrisa–. Contigo, cuatro. Y las compras, en este caso, son de absoluta importancia.

–Ya se me ocurrirá la forma de hacerte pagar por esto –le amenazó ella con una ronca carcajada.

–Suena interesante.

–¿Esta segunda «boda»… va a ser pronto?

–Según tengo entendido, a primeros de la semana que viene.

–¿Todavía no sabes la fecha exacta?

–Creo que han mencionado el martes.

–Y además de eso, ¿hay algún otro acto social al que tengamos que asistir?

–Sí, el sábado, a una fiesta de recaudación de fondos para una asociación que mi familia lleva años patrocinando.

Sí, se esperaría su participación al igual que una generosa donación.

–Dime, ¿qué tal te ha ido hoy? –al volverse, Loukas retiró las manos de sus hombros.

–Mucho trabajo. Constantine está pensando en medio jubilarse, lo que significa el cambio de algunos directivos, la elección de sustitutos y la reestructuración de la infraestructura técnica con el fin de que yo pueda dirigir la empresa desde Sidney.

–¿Estás de acuerdo con la decisión de tu padre? –significaría más trabajo para él y quizá viajes constantes entre Sidney y Atenas.

¿Lo acompañaría ella? En cierto modo, la idea de quedarse sola en Sidney no la atraía. Le echaría de menos. Se sentiría perdida…

Durante un momento, Alesha se quedó perpleja. ¿Por qué había pensado eso? Significaba que él le importaba, a pesar de haberse jurado a sí misma no volver a involucrarse emocionalmente con un hombre.

–Es inevitable; al fin y al cabo, mi padre tiene más de sesenta años.

Alesha se le quedó mirando sin comprender, ya que había perdido el hilo de la conversación.

Captó el brillo de los oscuros ojos de Loukas, que, alzando una mano, le acarició el escote con las yemas de los dedos antes de soltarle el cinturón y abrir las solapas de la bata para exponer los desnudos pechos de ella.

—Una hermosura —dijo Loukas en voz queda.

Bajó la cabeza y se los acarició con los labios.

—Llevas un nuevo perfume.

—Es jabón —dijo ella con voz ahogada, y sintió los labios de Loukas curvarse en una sonrisa—. Con olor a gardenia.

Alesha lanzó un gemido cuando él, alzando la cabeza, se apoderó de su boca. Magia, pura magia, pensó mientras enterraba los dedos en los cabellos de él, besándolo y absorbiendo todo lo que Loukas quisiera darle.

Pero no era suficiente. Le necesitaba. Le quería desnudo, piel contra piel, sus cuerpos unidos.

¿Era eso amor?

No se podía negar que fuera deseo sexual, pero el amor era otra cosa, algo que implicaba confianza y fidelidad.

Y ella no podía amarle… ¿o sí? ¿No se había jurado a sí misma no volver a enamorarse jamás?

Sin embargo, Loukas estaba ahí, siempre presente en sus pensamientos. Lograba hacerla sentirse diferente, especial. ¿Estaba representando un papel para darle un falso sentido de seguridad?

Desgraciadamente no lo sabía.

Con un esfuerzo, Alesha se apartó de él.

–Deberías ir a darte una ducha; de lo contrario, se nos hará tarde para la cena.

–Y no podemos cenar tarde, ¿verdad? –dijo él acariciándole los labios con un dedo.

–Hera se ha tomado muchas molestias en preparar la cena.

Tras esas palabras, Alesha se dirigió a su vestidor y se vistió con unos pantalones de corte sastre y una blusa a la moda. Al salir del vestidor a la habitación, se dio cuenta de que Loukas estaba ya en la ducha.

La cena fue muy agradable. Después, Loukas se disculpó, con el pretexto de tener que trabajar, y ella fue a mirar su correo electrónico y a responder a un mensaje que Lacey le había enviado aquella mañana.

Era tarde cuando Alesha se acostó y más tarde aún cuando lo hizo Loukas.

Los días siguientes los pasó de compras y sintió un gran alivio cuando las mujeres de la familia Andreou se dieron por satisfechas y consideraron cumplido su objetivo.

Alesha tuvo que admitir que tenía un gusto excelente.

–Ahora ya puedes relajarte –le dijo Lexi mientras Cristo las llevaba de regreso a Voula el viernes por la tarde.

«¡Eso crees tú!», exclamó Alesha en silencio.

Con la fiesta de recaudación de fondos al día siguiente y la confirmación de su matrimonio el martes, relajarse le iba a costar.

Daria, como Loukas había pensado que haría, se había dulcificado visiblemente durante los últimos días. Angelina era la típica madre que había aceptado que sus hijos se habían hecho adultos y que ya tomaban sus propias decisiones, y les trataba como a iguales. Lexi era muy fácil de tratar y le caía muy bien.

–Loukas es un Andreou de la cabeza a los pies. A mí lo que se me da bien es el diseño de joyas. Tengo un estudio en el barrio de Plaka y no me va del todo mal. Este año incluso puede que necesite contratar a alguien para que me ayude.

–Bueno, ¿cuándo vas a enseñarme tus diseños? –le preguntó Alesha mientras tomaban café en el cuarto de estar después de la cena. Angelina había insistido en que se quedara a cenar ya que Loukas había llamado para decir que tenía una cena de trabajo y que no iba a ir a su casa hasta tarde.

–Te enviaré la dirección de mi página web. Y también hablaremos con Cristo para que te lleve a mi estudio antes de que volváis a Sidney. ¿Te parece bien?

–Estupendo.

Eran casi las once cuando Cristos la llevó a

su casa y el móvil sonó mientras subía las escaleras.

—Tardaré aún una hora, querida —le dijo Loukas.

—Lo más seguro es que esté durmiendo.

—En ese caso, te despertaré.

La idea de que Loukas la despertara la hizo temblar de placer anticipado.

—Si no queda otro remedio…

La suave risa de él la derritió.

Alesha se dio una ducha con jabón de gardenia, diciéndose a sí misma que la elección de ese jabón no tenía nada que ver con Loukas.

Intentó explicarse cuándo habían cambiado sus sentimientos. De aceptar el matrimonio de no muy buena gana había pasado a querer que funcionara, que fuera un matrimonio de verdad.

Ya en la cama, estaba a punto de dormirse cuando oyó a Loukas entrar en la habitación. Le oyó quitarse la ropa, y a continuación el ruido de la ducha.

Unos largos minutos más tarde Loukas se deslizó entre las sábanas. Con facilidad, la hizo volverse hacia él; ella, inmediatamente, le agarró la cabeza y lo besó con pasión.

Aquello era con lo que él había soñado mientras cenaba con tres hombres de negocios mientras negociaban un trato. Un trato que había requerido habilidad y paciencia por su parte.

Ahora, lo que quería era sumirse en el dulce

hechizo del cuerpo de una mujer. Y no de cualquier mujer, sino de esa mujer.

Le dio placer hasta hacerla gemir y arquear el cuerpo contra el suyo. Se deleitó en cómo reaccionaba a sus caricias, a su intimidad, a su mutuo orgasmo.

Ya casi dormidos, Loukas la abrazó y la mantuvo en sus brazos toda la noche.

Alesha eligió un vestido de muselina de seda azul zafiro que se le ceñía al cuerpo y acentuaba la textura de su piel. El corte diagonal de la falda le caía suavemente hasta los tobillos, y los zapatos de tacón y el bolso de noche completaban su atavío a la perfección.

Limitó la joyería a un colgante de brillantes, pendientes de brillantes y pulsera haciendo juego.

Se maquilló poniendo énfasis en los ojos.

—Preciosa —le dijo Loukas mientras salían de la habitación.

—Gracias.

Con un traje negro, camisa blanca y pajarita, Loukas estaba demasiado atractivo para la tranquilidad de cualquier mujer; sobre todo, para su tranquilidad.

—Tú no vas mal del todo.

La suave risa de él le llegó al corazón.

—Tu halago me llega al alma.

–Si dijera algo más, se te subiría a la cabeza –le dijo ella con solemnidad mientras ambos se acoplaban en el asiento trasero de la limusina.

El hotel en el que tenía lugar el evento debía de ser uno de los mejores de la ciudad, pensó Alesha mientras Loukas y ella charlaban con otros invitados mientras bebían champán.

Pronto, Constantine, Angelina, Daria y Lexi se reunieron con ellos.

–Estás guapísima –le dijo Lexi.

–Lo mismo digo –respondió Alesha a la hermana de Loukas, con un vestido de noche rojo vivo que resaltaba su bonita figura.

Daria estaba regia con su traje negro, mientras Angelina había optado por delicados tonos lila.

–¿Quieres que te dé un informe rápido sobre algunos invitados? –dijo Lexi a Alesha en voz baja–. ¿O prefieres formar tu opinión sin que yo te influya?

–¿Supondría alguna diferencia?

–No –respondió Lexi–. Aunque te avisaré si se presenta algún peligro.

Alesha no pudo evitar una leve carcajada.

–¿Exnovias de Loukas?

–Una en particular.

–¿Me vas a decir el nombre?

–Iliana. Modelo, riquísima y a la caza y captura de Loukas. Te presentará batalla cuando se entere de que te lo has llevado tú.

–¿Se enterará?

–Querida Alesha, las noticias vuelan.

Y así era, en cualquier ciudad del mundo. ¿Por qué Atenas iba a ser diferente?

–Se acerca, a tu derecha –le susurró Lexi unos minutos más tarde–. La que va de blanco y negro.

Deslumbrante, alta, increíblemente delgada, con exquisitos rasgos faciales, luminosos ojos negros y una boca que prometía mucho.

¡Cielos! Era la perfección personificada, reconoció Alesha cuando Iliana se acercó.

–*Kalispera*.

El saludo era para todos, pero la atención de la modelo estaba centrada en Loukas.

–Iliana –dijo él con una voz fría que ella ignoró–. Permíteme que te presente a mi esposa.

–¿Y cómo ha sido eso, teniendo en cuenta que nunca has estado a favor del matrimonio? –Iliana esbozó una falsa sonrisa–. Aunque supongo que es tu deber engendrar un heredero.

La mujer era una tigresa con garras afiladas, notó Alesha. Y no pudo evitar preguntarse qué grado de intimidad había alcanzado su relación con Loukas. La sola idea del cuerpo sinuoso de esa mujer unido al de Loukas le producía náuseas.

«Vamos, sé realista. Loukas no era virgen cuando te casaste. Ha debido de haber montones de mujeres en su vida. ¿Y qué?»

¿Pero Iliana?

¿Cómo podía esperar competir con esa mujer?

–¿Es que tú no hablas? –le preguntó esa mujer con un brillo malicioso en los ojos.

–Sólo cuando tengo algo que decir.

–¿No te molesta que Loukas y yo seamos íntimos amigos?

–¿Debería molestarme?

–Basta –sólo un estúpido podía ignorar la fría advertencia en el sedoso tono de voz de Loukas.

Daria hizo un comentario en griego, unas palabras que Alesha no tuvo dificultad en comprender.

La velada no mejoró cuando Iliana se sentó a la mesa de ellos, ignoró las miradas de advertencia de Daria y Angelina y se dedicó a llamar la atención de Loukas.

Alesha tuvo que reconocer que él la ignoró la mayor parte del tiempo, sólo contestando educadamente cuando la ocasión lo exigía. Sin embargo, les hizo sentirse incómodos e incluso atrajo miradas especulativas de algunos invitados.

Alesha, por su parte, ignoró a Iliana, charló con el resto de los compañeros de mesa y, de vez en cuando, miró a Loukas con expresión de adoración durante la cena.

Pero un desagradable incidente tuvo lugar cuando Alesha y Lexi fueron a los lavabos y, justo antes de salir, entró Iliana.

–Muy inteligente por tu parte, querida, cazar a Loukas. ¿Qué utilizaste como cebo?

–Ponerse en evidencia en público es de mal gusto –respondió Alesha–, ¿no te parece?

–¿Estás embarazada?

–Iliana –intervino Lexi sin perder la calma–, estás corriendo el riesgo de hacer el ridículo.

Alesha le puso una mano a Lexi en el brazo y clavó los ojos en la modelo al tiempo que preguntaba:

–¿Tiene algo que decirme?

La modelo la miró de arriba abajo.

–Eres bastante guapa, pero no creas que tu matrimonio va a durar mucho. Loukas es un hombre intensamente sexual, dudo que puedas satisfacerle por mucho tiempo.

–¿Eso crees? Quizá deba agradecerte el consejo y sugerir posturas más creativas… en lugares distintos al dormitorio.

Iliana palideció visiblemente; después, enrojeció de ira y fue a lanzar una bofetada a Alesha.

Alesha esquivó el golpe con facilidad.

–Ni se te ocurra intentarlo.

–¿Qué harás si lo hago?

–Esto –Alesha encontró el nervio preciso y esta se cayó al suelo.

Con increíble calma, Alesha se volvió a Lexi.

–¿Nos vamos ya?

–¡Dios mío! –exclamó Lexi cuando, ya en el salón de la celebración, se dirigían hacia su mesa–. ¿Dónde has aprendido eso?

–Es una larga historia –contestó Alesha.

Loukas la miró fijamente mientras se sentaba.

–¿Algún problema?

–Una pregunta interesante.

–Iliana.

–Muy listo.

Lexi se inclinó hacia delante.

–Alesha ha estado magnífica.

Los ojos de Loukas no abandonaron el rostro de su esposa.

–¿Sí?

–Deberías haberlo visto –le dijo su hermana.

–Esa Jezebel necesita una lección –opinó Daria, ganándose una sonrisa traviesa de su sobrina.

–Eso es lo que ha hecho Alesha, literalmente –contestó Lexi.

–Bien.

¿Un halago de la tía de Loukas… y seguido de una sonrisa? Increíble.

El asiento que había ocupado Iliana a su mesa permaneció vacío.

Por fin, la velada fue llegando a su fin y los invitados comenzaron a levantarse, agrupándose en el vestíbulo del hotel mientras esperaban a que les llevaran sus coches.

–El martes va a ser un día espléndido –declaró Daria tras darle a Alesha un beso en la mejilla–. Ten fe, querida.

¿Era esa la misma Daria del primer día? Debía haber pasado una prueba de la que había salido vencedora.

Capítulo 10

LOUKAS se volvió a ella mientras el coche, con Cristos al volante, atravesaba la ciudad.

–Bueno, vas a decirme qué ha pasado con Iliana.

–¿Te refieres al incidente del lavabo?

–Sí.

–Podrías preguntárselo a tu hermana.

–Te lo estoy preguntando a ti.

–¿Quieres que te lo describa al detalle?

–Iliana es una diva con temperamento de diva.

–Ya me he dado cuenta de eso –«y de su obsesión contigo», añadió Alesha en silencio–. Intercambiamos unas palabras y… tuve que tomar medidas drásticas para evitar que me abofeteara.

–¿Y qué medidas drásticas tomaste? –preguntó él sin poder evitar una nota de humor en la voz.

–Un nervio.

–Casi me da miedo preguntar qué nervio y qué le hiciste.

Alesha se lo contó.

Loukas se llevó la mano de ella a los labios y la besó.

–¿Quieres que te diga que no ha habido muchas mujeres en mi vida antes de ti?

–No ha sido así, según los medios de comunicación.

–¿Serviría de algo que te asegurara que siempre he acabado una relación antes de empezar otra, y que siempre he sido fiel a las amantes que he tenido?

–¿Quieres un sobresaliente en integridad?

Era tarde cuando le dieron a Cristos las buenas noches y entraron en la casa. Loukas conectó el dispositivo de seguridad y fue a la habitación detrás de ella.

El cierre de la cadena volvió a darle problemas y Alesha lanzó un suspiro de frustración. Al momento, Loukas se colocó a sus espaldas y abrió el cierre con facilidad; después, le bajó la cremallera del vestido y se lo bajó por el cuerpo, dejándolo caer en el suelo.

Alesha se volvió de cara a él y le quitó la chaqueta; le deshizo la pajarita y le desabrochó los botones de la camisa con intencionada lentitud.

Loukas se quitó los zapatos, los calcetines y los pantalones.

–Quiero verte desnudo.

Loukas la obedeció y ella, después de acercarle a la cama, lo tiró encima del colchón de un empujón.

–No te muevas.

Loukas la miró con humor en los ojos.

–¿Quieres jugar?

Alesha se limitó a sonreír mientras se sentaba a horcajadas encima de él. Con un glorioso movimiento, se inclinó sobre él, le acarició el pecho con el cabello y luego su miembro, y le oyó lanzar un quedo y ronco gruñido.

Alesha se echó el pelo hacia atrás con un murmullo de satisfacción y comenzó a acariciarle con los dedos; suaves caricias que le hicieron tensar los músculos del vientre y acabaron enloqueciéndole cuando a los dedos siguió la lengua.

Incapaz de soportar aquel suplicio, Loukas le agarró la cabeza y la besó.

–Eh, todavía no he acabado –le advirtió ella.

Se convirtió en una perezosa exploración mientras ella excitaba sus sentidos hasta hacerle enfebrecer, provocándole con suaves mordiscos y caricias de la lengua… Entonces fue Alesha quien gritó cuando él, agarrándole las caderas, se adentró en ella. Una y otra vez, con salvaje deseo.

Un cataclismo. Pasión al máximo. Primitivo.

Poco a poco sus respiraciones volvieron al ritmo normal. Loukas la tumbó en la cama y la estrechó en sus brazos.

No había palabras para describir lo que habían compartido y ella ni siquiera intentó darles voz.

El estudio de Lexi estaba situado en una zona de moda de la ciudad en la que pequeñas tiendas competían con cafés, bares y talleres de artesanía.

–Le llamaré cuando acabe –le dijo Alesha a Cristos al salir de la limusina.

Y cruzó la calle para reunirse con Lexi, que la estaba esperando.

–Hola –Alexi le dio un abrazo–. Estoy muy contenta de que hayas venido.

Lexi le indicó unas escaleras.

–Vamos a subir. El estudio es bastante pequeño. Acogedor –explicó Lexi mientras subían.

Pero sumamente interesante, pensó Alesha al ver los moldes, los metales, las herramientas y una vitrina con piezas acabadas.

Una chica y un chico de unos veinte y tantos años trabajaban con intrincadas piezas de metal utilizando herramientas especiales con una habilidad que provocó su admiración.

Alfileres esmaltados, exquisitos colgantes, pendientes, pulseras, anillos… todos de diseño único.

–Tienes un gran talento –declaró Alesha con admiración. Una pulsera esmaltada y montada en oro llamó su atención, era absolutamente preciosa.

Le interesó mucho aprender sobre los diferentes pasos entre diseño y acabado, marketing y distribución.

El tiempo se le pasó volando. Por fin, Lexi se miró el reloj y declaró que había llegado la hora de ir a almorzar.

–Hay un café no lejos de aquí en el que se come muy bien.

–Estupendo.

Se trataba de un establecimiento familiar de comida casera y muy bien llevado.

–Te encantará la isla –le dijo Lexi durante los cafés–. A la isla sólo se puede llegar en barco o en helicóptero.

–Hola, Lexi.

Alesha volvió los ojos hacia los dos jóvenes que se sentaron a su mesa. Debían de tener unos veinticinco años, llevaban vaqueros y camisetas, y eran atractivos.

Lexi hizo las presentaciones. Eran dos amigos de la universidad que tenían un estudio de diseño gráfico cerca de donde ella tenía el taller.

–Así que eres la dama que ha conseguido pescar a Loukas, ¿eh? –observó uno de ellos bromeando.

–Vaya, hablando del rey de Roma…

Lexi agitó la mano a modo de saludo mientras Loukas se acercaba a su mesa.

–Le había dicho a Loukas que íbamos a comer aquí. Él me había dicho que vendría si podía.

El pulso de Alesha se aceleró al instante y sus ojos se agrandaron cuando Loukas bajó la cabeza y la besó en la mejilla.

Ella le sostuvo la mirada y le ofreció una cálida sonrisa mientras él se sentaba a la mesa; después, Loukas pidió comida y reposó el brazo en el asiento de ella.

¿Marcando el terreno?

Quizá, pensó Loukas considerando su reacción al ver a su esposa en compañía de dos de los amigos de Lexi.

No le gustaba que ningún hombre se acercara a su mujer; pero era algo más que eso, se trataba de afecto, de la necesidad de proteger.

Nunca antes había necesitado tanto a una mujer. Alesha, sólo Alesha.

¿Lo sabía ella?

No, no debía saberlo. Todavía no le conocía lo suficientemente bien.

Una hora más tarde, Loukas se levantó de la mesa, pagó la cuenta y no tuvo más remedio que conformarse con besar a su mujer y nada más. Por supuesto, le produjo cierta satisfacción verla ruborizada cuando la soltó.

Unos minutos más tarde, Loukas salió del café y Cristos le llevó a las oficinas de su empresa.

Los dos amigos de Lexi se despidieron para volver a su estudio y Lexi, con desgana, anunció que ella también tenía que volver al trabajo.

Alesha optó por ir a ver escaparates en la zona de Plaka antes de llamar a Cristos para que fuera a recogerla y la llevara a Kifissia.

La cena fue tranquila. Después de la cena, Alesha examinó su correo electrónico y habló con su secretaria en Sidney; Loukas, por su parte, se encerró en su despacho.

Constantine y Angelina abrieron generosamente las puertas de su magnífica casa para celebrar la ceremonia de confirmación de votos matrimoniales a la que asistieron los miembros de la familia y numerosos invitados.

El acontecimiento tuvo lugar por la tarde en la lujosa terraza con vistas a hermosos jardines. Detrás de Lexi, Alesha, del brazo de Constantine, recorrió la alfombra sembrada de pétalos de rosa que conducía a una pérgola en la que Loukas esperaba.

El vestido largo era de satén de color crema y ceñido, y el velo de Angelina era el complemento perfecto.

Fue una ceremonia especial y completamente distinta a la de Sidney; tres semanas atrás, ella sólo había sentido resentimiento y dudas. Ahora albergaba la esperanza de un futuro feliz para los dos. Quizá incluso amor… aunque quizá eso fuera esperar demasiado.

Le resultó muy fácil aceptar las felicitaciones de los presentes, sonreír, beber champán y disfrutar la espléndida cena que Angelina y Daria habían encargado a una excelente empresa de catering.

Faroles coloridos iluminaban el jardín por la noche. Hubo música y baile, risas y alegría.

Los invitados se quedaron hasta tarde disfrutando de la fiesta. Pero cuando llegó la medianoche, Loukas le agarró la mano y juntos se despidieron de todos.

Cristos, a quien Loukas había invitado a la fiesta, llevó la limusina a la puerta de la casa y, entre sonoras despedidas, se pusieron en camino.

El trayecto a Kifissia fue mágico, agarrada a la mano de Loukas, con los dedos entrelazados. Había sido un hermoso día y una gloriosa noche.

–Gracias –le dijo a Loukas en la oscuridad del coche, y vio su sonrisa.

–¿Por qué en concreto?

–Por acceder al deseo de Daria y de tus padres de celebrar una segunda boda en suelo griego.

–Significaba mucho para ellos.

–Lo sé –y Alesha lo sabía. Se tocó el exquisito brillante del anillo que Loukas le había regalado y le había deslizado por el dedo, justo encima del anillo de bodas–. No se me ha ocurrido comprarte un regalo. No tengo nada para ti.

–Sí, claro que sí. Tú eres mi regalo.

¿Se derretían los corazones? El suyo, desde luego, sí.

Por primera vez, supo cuál era su hogar. No importaba dónde, si en Atenas o en Sidney, su hogar era Loukas. Le seguiría a cualquier parte. Sin él no era nada.

¿Amor?

Una ironía del destino.

Cuando llegaron a la casa, salieron del coche y se despidieron de Cristos. Alesha lanzó un grito de sorpresa cuando, después de abrir la puerta, Loukas la levantó en sus brazos y entró en el vestíbulo.

–¿Qué es esto? –gritó ella riendo.

–Creo que se le llama cruzar el umbral de la puerta con la novia en los brazos –respondió él mientras ella le rodeaba el cuello.

–¿Y?

Loukas comenzó a subir las escaleras.

–Y significa que la noche no ha hecho más que empezar.

–¿En serio?

Loukas le rozó la sien con los labios.

–Completamente en serio.

–Suena prometedor.

–Tengo la solemne intención de volverte loca.

–Oh…

Loukas entró en el dormitorio y cerró la puerta de un puntapié; después, la dejó en el suelo.

Alesha le desabrochó los botones de la camisa y le puso las manos en la cinturilla de los pantalones.

Loukas le quitó el vestido y este cayó al suelo. Después, le besó la garganta y le susurró:

–Te prometo que vas a pagar por lo de anoche.

Y cumplió su promesa. Con tal maestría, que le quitó hasta el último aliento, dándole un placer tan intenso que llegó a creer que no podría soportarlo.

Era media mañana cuando Cristos los dejó en la entrada principal del edificio de las oficinas de la empresa; allí, en la azotea, un helicóptero les esperaba para transportarlos a la isla.

La isla de la familia Andreou era pequeña, unas doce hectáreas; de las cuales, dos habían sido allanadas para construir una hermosa casa de dos pisos, de fachada de estuco blanco y tejado de teja azul típico de la isla, rodeada de jardines.

Según iba descendiendo el helicóptero, Alesha pudo ver un verde césped rodeando la casa, zonas de plantas, piscina y pistas de tenis. Había un punto de aterrizaje para el helicóptero y una casa a cierta distancia de la principal; Loukas le explicó que aquella casa era donde residían los guardeses.

Una pareja de mediana edad se acercó al helicóptero mientras las hélices se paraban. Loukas le presentó a Spiros y Sofia, que le ofrecieron un afectuoso saludo antes de que Spiros se acercara al aparato para recoger el equipaje.

–Es un lugar mágico –comentó Alesha mirando a su alrededor.

Dentro de la casa, los suelos eran de baldosas y salpicados de alfombras, las paredes de color marfil, el mobiliario era sólido y había un generador que producía la energía.

Era una casa cómoda en la que relajarse, con sus terrazas y espaciosas y aireadas habitaciones. Un refugio perfecto, pensó ella examinando la amplia habitación con espléndidas vistas a una cala.

–He preparado el almuerzo –le informó Sofia–. También he dejado la cena hecha, está en la nevera y sólo hay que calentarla en el microondas.

–Gracias –dijo Alesha con sinceridad, y Sofia sonrió.

–De nada.

Unos minutos después, oyó el suave clic de la puerta delantera al cerrarse seguido de los pasos de Sofia por el camino en dirección a su casa.

–Ven aquí –le dijo Loukas en voz queda.

Ella le miró con una traviesa sonrisa.

–No es posible que quieras sexo antes del almuerzo.

–¿No? –Loukas estaba bromeando y ella le sacó la lengua.

–Lo siento, pero tengo otros planes.

Loukas arqueó las cejas.

–¿En serio?

–Sí.

–¿Me vas a decir cuáles son tus planes o quieres sorprenderme?

–Durante el día vamos a bañarnos, jugar al tenis, tomar el sol y quizá tomemos ese barco que he visto en el embarcadero y vayamos a pescar

–¿Quieres ir a pescar?

–Es una actividad terapéutica –contestó ella con solemnidad.

–¿Y por la noche?

–No te preocupes, te aseguro que no tendrás quejas.

–¿Y ahora?

–Ahora vamos a darnos un paseo y quizá un baño antes del almuerzo.

–¿Y tenis por la tarde? –preguntó él con gesto de queja, y ella inclinó la cabeza.

–Tenemos que mantenernos activos.

–Para eso se me ocurre otra actividad mucho más placentera –observó Loukas.

Al instante, le tomó la mano y la estrechó en sus brazos.

–Si eso es lo que quieres, eso es lo que haremos –declaró él antes de bajar la cabeza y besarla.

La besó tan concienzudamente, que Alesha estuvo a punto de olvidarse de sus planes y quedarse en el dormitorio.

–Casi me has convencido –dijo ella con una trémula sonrisa cuando Loukas alzó el rostro.

–Podría esforzarme un poco más.

–Si lo haces, nunca saldremos de aquí.

Loukas sonrió al soltarla.

–Has dicho que primero a dar un paseo, ¿no?

Aquel fue un día ocupado y divertido seguido de una noche de amor y pasión.

Su intimidad aumentó con el transcurso de los días. Reían mientras nadaban en la piscina, pasearon por la arenosa costa y jugaron al tenis. Pasaron algunos ratos delante de sus ordenadores para ver sus mensajes electrónicos y contestar a algunos.

Fue el viernes por la mañana cuando Constantine llamó a Loukas para pedirle que fuera a Atenas cuanto antes debido a un problema que acababa de surgir y por el que necesitaban reunirse. Ya habían enviado el helicóptero para que le recogiera.

–Tengo que…

–Sí, lo sé, tienes que ir –concluyó Alesha.

–Te llamaré –Loukas la besó brevemente antes de subirse al aparato, que rápidamente despegó y se alejó.

Alesha entró en la casa, se sirvió una segunda taza de café y pensó en cómo pasar el día sin él.

Decidió dar un paseo por la playa y luego convenció a Sofía para que le enseñara a preparar las exquisitas recetas de las comidas que les había hecho.

Loukas llamó cuando ella estaba almorzando.

–La cosa se ha complicado. He salido de una reunión y tengo que ir a otra. Lo más seguro es que vuelva tarde.

«Resuelve los problemas cuanto antes y ven. Te echo de menos…», pero no vocalizó sus pensamientos.

–Cuídate.

–Te llamaré en cuanto me ponga en marcha.

Capítulo 11

EL teléfono volvió a sonar a primeras horas de la tarde y Alesha agarró el auricular al tercer pitido.

–¿Loukas?

–¿Alesha? –no era Loukas, sino la voz de una mujer.

–Sí.

–Soy Eleni Petrakis, la secretaria de Loukas. Siento mucho lo que voy a decirte, pero Loukas ha tenido un percance en la calle y le han llevado en ambulancia a un hospital… está herido de bala. El helicóptero de la empresa ya está en camino para recogerte. Yo me encontraré contigo en el punto de aterrizaje y te acompañaré en el coche al hospital.

Alesha sintió frío, un frío gélido recorriéndole el cuerpo.

–¿Cómo está? ¿Es grave? –preguntó controlando el terror.

–No lo sabremos hasta que no le saquen la bala. El resto de la familia ya ha sido informada.

No podía creerlo. Era imposible que un hombre como Loukas pudiera…

–¿*Kyria*? –Sofia sonrió a Alesha cuando esta entró en la cocina, pero la sonrisa murió en sus labios al ver su expresión–. ¿Qué ha pasado?

–Tengo que ir a Atenas, Loukas está en el hospital.

Alesha logró pasarle la información e inmediatamente se fue al dormitorio.

Luchó contra el sobrecogedor deseo de echarse a llorar y metió algo de ropa y artículos de aseo en una bolsa. Las lágrimas no iban a ayudarla en nada, tenía que ser fuerte.

La espera al helicóptero se le hizo eterna, igual que el trayecto. Una vez en el punto de aterrizaje, se despidió del piloto, bajó del aparato y se acercó a la mujer que la estaba esperando.

Durante el trayecto en el coche, el teléfono móvil de Eleni sonó y esta habló rápidamente en griego antes de cortar la comunicación.

–¿Era del hospital? –preguntó Alesha con angustia extrema.

–La herida no ha sido tan grave como se suponía al principio. La bala le ha atravesado el brazo izquierdo y le ha fracturado el hueso, pero el cirujano ha conseguido sustraer los fragmentos de hueso y le ha insertado unas placas de titanio. Loukas está con suero y calmantes, y le han llevado a una habitación privada.

Alesha recorrió un laberinto de pasillos mientras preguntaba cómo, cuándo y por qué.

–Según tengo entendido, Loukas acababa de

salir del edificio y se encontró en medio de una manifestación. La policía había cercado la zona, ha habido disparos y algunos manifestantes han sido arrestados. Loukas ha tenido mala suerte, un tiro le alcanzó.

Horribles imágenes le pasaron por la mente mientras seguía a Eleni en dirección a la habitación de Loukas.

Sintió un escalofrío al verle. Estaba muy pálido, tenía el cabello revuelto y el brazo en un cabestrillo.

¡Cielos! Unos centímetros más…

Los ojos oscuros de Loukas se abrieron y se clavaron en ella, y estuvo a punto de marearse. Tardó unos segundos en poderse mover. Querría correr a su lado, besarle y decirle lo que no se había atrevido a decirle.

–Eleni, ¿podrías dejarnos solos, por favor? –dijo Loukas con voz cansada–. Quédate fuera y no dejes que nadie entre. Repito, nadie… hasta que mi mujer salga.

Al cabo de unos segundos estaban solos y fue entonces cuando Alesha no pudo seguir conteniendo las lágrimas.

–Ven aquí –la voz de él era tan tierna, que casi se derrumbó. Se aproximó a la cama.

–Más cerca –Loukas sonrió.

Loukas levantó una mano y le acarició la mejilla.

–No llores, cielo.

–Te quiero –decir eso le pareció lo más importante del mundo.

La maravillosa boca de Loukas se curvó en una sonrisa y la de ella tembló cuando él le acarició la cabeza con una mano instándola a acercar los labios a los suyos.

–¿Crees que no lo sé? –Loukas le acarició los labios con los suyos–. ¡Dios mío! Quiero mucho más que un beso –gimió él junto a su boca.

–No, ni hablar –murmuró ella con voz temblorosa antes de que la lengua de Loukas la poseyera.

Alesha perdió la noción del tiempo durante unos segundos.

–Eres mi vida. Lo eres todo para mí –confesó Loukas cuando la soltó.

Los labios de Alesha temblaron de emoción y los ojos volvieron a llenársele de lágrimas.

–No llores –protestó Loukas.

–No estoy llorando –mintió ella sacudiendo la cabeza.

–¿No? –la voz de Loukas contenía una nota de humor.

–Cuando Eleni llamó… –comenzó a decir Alesha, incapaz de controlar el temblor de su cuerpo–. No podía soportar la idea de que pudieras morir sin haberme oído decir que lo eres todo para mí, que sin ti…

A Alesha se le quebró la voz, pero alzó una mano cuando Loukas trató de tirar de ella hacia sí.

–No, por favor, tengo que decírtelo –Alesha sonrió débilmente–. La experiencia con Seth había destruido mi fe en los hombres y me volqué en Karsouli Corporation. Pero cuando mi padre murió y me enteré de la cláusula en el testamento… No sé, quería huir, dejarlo todo; pero le había entregado mi vida a la empresa y me negué a dejarla, aunque ello significara casarme contigo.

Alesha tragó el nudo que se le había formado en la garganta.

–Intenté convencerme de que podía cumplir los términos de la cláusula y no perder el control. Pero no funcionó. Tú estabas ahí y, poco a poco, lo acepté. Al principio, creía que podría acostarme contigo, pero me eché atrás.

Loukas extendió el brazo y le tomó la mano.

–Fuiste muy paciente, muy comprensivo –dijo Alesha entrelazando los dedos con los de él–. Y lo que yo imaginé que era sólo atracción física se convirtió en mucho más, en algo mucho más profundo que yo me negaba a llamar por su nombre.

–¿Tienes idea de la cólera que sentí cuando me enteré de lo que te había hecho tu ex? –preguntó Loukas–. Si lo hubiera tenido delante, no sé lo que habría hecho…

Alesha levantó las manos de ambos y rozó la de él con los labios.

–Pero sobreviví –consiguió decir ella con una sonrisa–. Y la experiencia me condujo a ti… y a la clase de felicidad que creía que nunca podría encontrar.

Loukas tiró de ella y la besó. Después, cuando la soltó, Alesha sólo pudo mirarle con el corazón y con todo su amor.

–*Agapi mu* –dijo él con voz enronquecida por la emoción–. Te quiero. Te necesito tanto como el aire que respiro. Te quiero a ti, sólo a ti.

Alesha volvió a luchar por controlar lágrimas de emoción.

Unos golpes en la puerta precedieron la entrada de una enfermera de aspecto serio que, tras echar un vistazo a la botella de suero y tomar las constantes vitales de Loukas, lanzó una severa mirada a Alesha antes de salir de la habitación.

–Necesitas descansar –dijo Alesha con voz queda, notando que el cansancio era visible en el semblante de Loukas–. Iré a tomar un café y volveré dentro de una hora.

Alesha encontró a Eleni en el pasillo y fueron a tomar un café juntas. Después, volvió al lado de su marido hasta que, por la noche, una enfermera entró con medicamentos y le anunció que la hora de visitas había llegado a su fin.

Alesha le acarició los labios con los suyos a modo de despedida.

Loukas sonrió.

–Que duermas bien, *yineka mu*.

Cristos la estaba esperando en el vestíbulo principal del hospital, la llevó al coche y se puso en camino hacia la mansión de Kifissia, donde Hera la estaba esperando y, con angustia, le preguntó por el estado de Loukas.

–¿Ha cenado, *kyria*?

Alesha no había cenado y, agradecida, aceptó la ligera cena que Hera le preparó antes de subir al dormitorio. Allí, se dio una ducha, se puso el pijama y, agotada emocionalmente, se acostó y se durmió.

Al día siguiente, antes de ir al hospital, se pasó por el taller de Lexis y compró la pulsera que tanto le había gustado con intención de regalársela a Lacey a su regreso a Sidney. Después, fue al hospital y pasó el día con Loukas. Por la tarde, cuando llegó el momento de marchar, Loukas la besó tan profundamente, que no pudo ocultar su sorpresa.

Alesha le acarició una mejilla y sonrió.

–Cuídate mucho.

Cristos, al igual que la noche anterior, la llevó a Kifissia. Al entrar en el dormitorio, se quitó los zapatos de tacón, se desvistió y se puso ropa cómoda.

Decidió prepararse un té, pero no quería comer nada. Mientras bebía el té, se miró el reloj, calculó la hora que sería en Sidney, agarró el móvil y llamó a Lacey.

–¡Alesha! ¿Cómo estás? ¿Dónde estás? ¿Cómo te va?

Le resultó fácil reír, le pareció maravilloso hablar con su amiga e intercambiar noticias.

Diez minutos, quince… Alesha no supo decir cuándo el leve sonido llamó su atención y dejó de decir lo que estaba diciendo al ver a Loukas entrar en la habitación.

Con incredulidad, abrió los ojos desmesuradamente.

–¿Qué haces aquí?

–¿Alesha? –dijo Lacey por el teléfono–. ¿Te pasa algo?

–Sí. Deberías estar en el hospital.

–¿Loukas ha ido a casa?

Aquella conversación estaba adquiriendo un tono surrealista.

–¿Estás hablando con Lacey? –le preguntó Loukas. Y cuando ella asintió, Loukas le quitó el teléfono–. Hola, Lacey. Alesha te llamará mañana. Y sí, gracias, estoy bien. Cuídate.

Loukas cortó la comunicación, tiró el teléfono al sofá, agarró la mano de su mujer y la hizo ponerse en pie.

–No deberías…

–Luego –dijo él con voz queda.

Alesha abrió la boca, pero volvió a cerrarla cuando Loukas le puso una mano en la nuca, bajó la cabeza y la besó con una intensidad que la dejó sin aliento.

Alesha sentía tantas cosas a la vez… toda una gama entre el miedo y el alivio.

Y felicidad. Verdadera felicidad.

Amor. El más precioso obsequio.

Alesha quería llorar y reír simultáneamente, pero sobre todo quería acariciar a su marido.

Quería celebrar la vida. La vida con él.

No obstante, su obligación era amonestarle primero.

—No deberías haber salido del hospital. Y no pienses en quitarte el cabestrillo.

Los ojos de él adquirieron un brillo sensual.

—¿No? Da igual, nos las arreglaremos.

—Deberías descansar.

—Eso es lo que voy a hacer. En la cama. Contigo.

—He dicho «descansar».

Loukas sonrió.

—Sí, después.

—¿Has cenado?

—¿Cómo se te ocurre hablar de comida en estos momentos?

—Es importante que te alimentes —logró decir ella con compostura. Y se estremeció de placer al oír la ronca risa de él.

Loukas le deslizó la mano por debajo de la camisa en busca de la cálida piel y emitió un murmullo de placer al notar que no llevaba sujetador. Ella arqueó el cuerpo mientras él le acariciaba los pechos. Lanzó un gemido de placer cuando la boca de Loukas le cubrió la suya.

Subieron a su dormitorio y se desvistieron el uno al otro lentamente. Se besaron y acariciaron…

Alesha le hizo tumbarse en la cama y, colocándose encima, le acarició con la boca hasta hacerle gemir de placer y exigir la posesión.

Con los ojos fijos en él, Alesha comenzó a moverse con fascinante sensualidad, deleitándose en el control y poder que poseía.

Después, se durmieron juntos, abrazados.

Se despertaron tarde. Antes de ducharse, juntos, Alesha le cubrió el brazo herido con un plástico; tras la ducha, ella le secó y le ayudó a ponerse la bata antes de secarse ella.

Cuando salió del baño, Loukas le entregó una pequeña caja.

—Toma, es un regalo para ti —le dijo Loukas con una tierna sonrisa—. Ábrelo.

Era un exquisito juego de collar, pulsera y pendientes de brillantes.

—Es precioso. Gracias —Alesha tragó saliva mientras sus ojos se perdían en las oscuras profundidades de los de Loukas—. Pero ya me has dado el mejor regalo del mundo: tú. Tú, sólo tú. Nada puede compararse a eso.

Con una excepción, pensó Loukas: el resultado de las medidas que había tomado para despojarle al ex de Alesha de lo que le había quitado. El banco ya había tomado posesión de la casa de Seth y este había tenido que vender

su adorado Porsche. Ahora sólo quedaba dejarle sin negocio.

Unos días más tarde, el helicóptero les dejó
de nuevo en la isla, donde pasaron unos días idí-
licos paseando y haciendo el amor.

Pronto tendrían que regresar al continente y
después volverían a Sidney, donde reanudarían
su vida cotidiana.

Con una posible excepción, pensó Alesha,
que no quería decir nada hasta que no se confir-
maran sus sospechas de estar embarazada.

El último día en la isla por la tarde se pusieron
unas chaquetas y se llevaron al perro a dar un paseo por la playa. El viento revolvió el cabello de
Alesha y, tras unos vanos intentos de mantenerlo
en orden, se dio por vencida y se echó a reír antes de detenerse para contemplar el picado mar.

Loukas se colocó a sus espaldas, le rodeó la
cintura con un brazo y apoyó la barbilla en su
cabeza. Aquella mañana había recibido la confirmación de que el exmarido de Alesha estaba
totalmente arruinado.

Le había llevado un considerable esfuerzo
conseguirlo. Pero ahora todo estaba atado y bien
atado… con una excepción.

Con cuidado, Loukas la hizo darse la vuelta
de cara a él y después se sacó un sobre del bolsillo de la chaqueta.

–Esto es para ti.

Alesha le miró sin comprender.

–Tengo todo lo que necesito –le aseguró ella.

–Abre el sobre.

Alesha asintió y extrajo del sobre un papel. Se quedó boquiabierta al ver un cheque certificado por la cantidad de cinco millones de dólares.

–¿Qué significa esto?

–Es el dinero que tu padre le dio a tu ex para que te concediera el divorcio sin ponerte problemas y desapareciera de tu vida.

«¡Dios mío! ¿Tanto?»

–No puedo aceptar que me des ese dinero –contestó ella con voz ronca.

–El dinero procede de la venta del negocio, de la casa y de todo lo que Seth Armitage tenía.

«Dinero sucio».

–Le has arruinado –dijo ella simplemente.

–Quería matarle por lo que te hizo –declaró Loukas, acariciándole el labio inferior.

–En vez de eso, te has vengado de él.

–Porque se lo merecía.

Alesha guardó silencio unos instantes; por fin, hizo acopio del coraje necesario para decir algo que jamás le había dicho a nadie:

–Todo comenzó a los pocos días de la boda. Primero, me insultaba porque, al parecer, no podía satisfacerle; a él le gustaba el sexo duro. Seth me dijo que era una reprimida y que necesitaba que me dieran una lección –Alesha vio la ira y el dolor en los ojos de su marido y le puso una mano en el brazo–. Acabé en el hospital con varias costillas rotas, un brazo roto y contusiones.

Había empezado aquello y necesitaba terminar.

–Llamé a un abogado y contraté a un guardaespaldas para que hiciera guardia a la puerta de mi habitación en el hospital.

–Dimitri…

–Mi padre estaba en Melbourne por un asunto de negocios y no se enteró de lo que me había pasado hasta que volvió a Sidney.

Loukas apretó los dientes al recordar el miedo y las pesadillas de ella.

–No le denunciaste.

–Sí, fue decisión mía. No quería atraer la atención de los medios de comunicación ni acabar en un juicio. Lo único que quería era no volver a ver a Seth, a quien hubo que pagar para que me dejara en paz y yo pudiera rehacer mi vida.

–Alesha…

Pero ella le acalló sellándole los labios con los dedos.

–No, por favor, déjame acabar –y le miró con todo el amor del mundo–. Tenemos un futuro juntos, nos queremos. Eres todo lo que deseaba en la vida y más, mucho más. No puedo quedarme con ese dinero, Loukas. No lo quiero, está manchado. Sin embargo, se podría utilizar para ayudar a otras mujeres que puedan estar en la situación en la que yo me encontraba, ¿no te parece?

Loukas bajó la cabeza y le acarició la frente con los labios.

Alesha volvió la cabeza ligeramente y se quedó contemplando la hermosa bahía.

–Este lugar es increíble –comentó ella.

–Un paraíso sin turistas ni casas ni nada.

Un paraíso simplemente.

–Quiero darte las gracias –dijo ella con voz queda.

–¿Por qué en concreto?

–Por creer en mí. Por apoyarme. Eres mi vida. Eres mi amor. Lo eres todo.

Loukas la miró fijamente a los ojos y ella absorbió todo el amor que vio en ellos.

Loukas la besó antes de confesar:

–Al principio, consideré nuestro matrimonio como una unión lógica y práctica.

–No contaste con que ibas a verte casado con una divorciada neurótica y llena de problemas.

Loukas le mordisqueó el labio inferior.

–Una mujer joven y hermosa que se apoderó de mi corazón.

–Me has enseñado a creer en el amor –añadió Alesha.

–*Agapi mu*, sólo existo para ti.

Epílogo

UN año después, un número de personas entre las que se encontraban Constantine, Angelina, Daria y Lexi, que volaron desde Atenas, acudieron a una fiesta en la casa de Loukas y Alesha en Point Piper para celebrar el bautismo de sus mellizos, Sebastian Loukas y su hermana Sienna Lucille, dos hermosos bebés cuyo nacimiento fue por cesárea. Sienna llegó al mundo unos segundos antes que su hermano.

Ahora, con tres meses de edad, estaban dormidos en la habitación que compartían, bajo la vigilancia de una niñera.

—Nos habéis dado unos hermosos nietos —declaró Constantine mientras Angelina y él se despedían al finalizar la fiesta.

—Preciosos —añadió Daria dando un beso a Alesha en la mejilla antes de volverse a Loukas—. Eres un hombre muy afortunado. Cuida bien de tu familia.

—Los protegeré con mi vida, tía —le aseguró él con ternura.

Era ya tarde cuando Loukas conectó el sistema de seguridad después de la marcha de los últimos invitados y rodeó la cintura de su esposa mientras cruzaban el vestíbulo.

Juntos ascendieron la escalinata y se acercaron al cuarto de los niños. La suave luz mostraba dos bebés de cabello oscuro y regordetes rostros dormidos.

—Son maravillosos —dijo Loukas con voz queda—. Maravillosos, mi vida.

Salieron sigilosamente de la habitación y entraron en la suya.

—¿Te he dicho que te adoro? —Loukas la rodeó con los brazos y se apoderó de su boca con un beso que la dejó sin respiración.

«Todas las noches».

—Una mujer no se cansa de oírle decir eso a su marido —respondió ella en tono ligero, consciente de que esas palabras le habían salido del corazón.

Durante el embarazo, Loukas la había apoyado y cuidado constantemente y se había mostrado maravillado con los cambios de su cuerpo. Había asistido al parto y pasaba todo el tiempo que podía con sus hijos.

—He estado pensando…

—Horror, eso puede ser peligroso —dijo Loukas en tono de broma.

Alesha sonrió.

—Esta casa es muy grande, tiene muchas habitaciones.

Los ojos de él oscurecieron.

—¿Y lo dices… por qué?

—Quizá deberíamos pensar en un hermano para Sebastian y Sienna.

—¿Estás segura de que quieres quedarte embarazada otra vez? ¿Tan seguido?

—¿Qué te parece mayo?

—¿Un año a partir de ahora?

—Vaya, a mi marido se le dan bien las matemáticas.

—Bruja.

—Te dará tiempo suficiente para acostumbrarte a la idea —dijo Alesha con un travieso brillo en los ojos mientras le rodeaba el cuello con los brazos.

—Sólo estoy preocupado por ti.

—Lo sé.

Y así era, consciente de que se había casado con un hombre al que quería más que a su propia vida.

Leo Zikos debería estar celebrando su próxima boda con su conveniente prometida, pero ella lo dejaba frío. Era una extraña de belleza natural, Grace Donovan, quien encendía su sangre. De modo que decidió aprovechar una última noche de libertad…

Pero esa noche, y el resultado de la prueba de embarazo unas semanas después, destrozó los planes de Leo, que debía romper con su prometida y casarse con Grace.

Ella no quería casarse con un hombre al que apenas conocía, pero Leo estaba dispuesto a reclamar a su heredero y tenía el dinero y la influencia necesarios para hacer que sus exigencias fuesen atendidas.

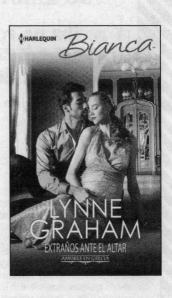

Extraños ante el altar

Lynne Graham

MÁS CERCA

KRISTI GOLD

Hannah Armstrong se llevó la sorpresa de su vida cuando recibió la visita de Logan Whittaker, un apuesto abogado. Al parecer, había heredado una fortuna de la familia Lassiter, pero ella nunca había conocido a su padre biológico, y Logan le propuso ayudarla a descubrir la verdad acerca de su procedencia.

Logan estaba deseando pasar de los negocios al placer. Pero Hannah ya tenía bastantes secretos de familia, y el traumático

pasado de Logan también podía empeorar las cosas a medida que la temperatura iba subiendo entre ellos.

Un apuesto abogado, una herencia millonaria

¡YA EN TU PUNTO DE VENTA!

Bianca

Si el hielo se encuentra con el fuego...

La hermosa Leila, la menor de las famosas hermanas Skavanga, se había ganado la fama de ser el diamante intacto de Skavanga, y estaba cansada de serlo. Había llegado el momento de empezar a vivir la vida y ¿quién podía enseñarle mejor a vivirla que Rafa León, ese atractivo español?

¡Rafa no tenía inconveniente en mezclar el trabajo y el placer! Intrigado por su timidez y pureza, y tentado por su petición, se ocuparía de que Leila disfrutara de todo lo que podía ofrecerle la vida. Sin embargo, cuando la fachada gélida de ella dejó paso a una pasión desenfrenada, él se dio cuenta de que jugar con fuego tiene consecuencias.

Caricias y diamantes

Susan Stephens